戦国近江伝

江争《うみあらそい》

山東圭八
Santo Keiya

目次

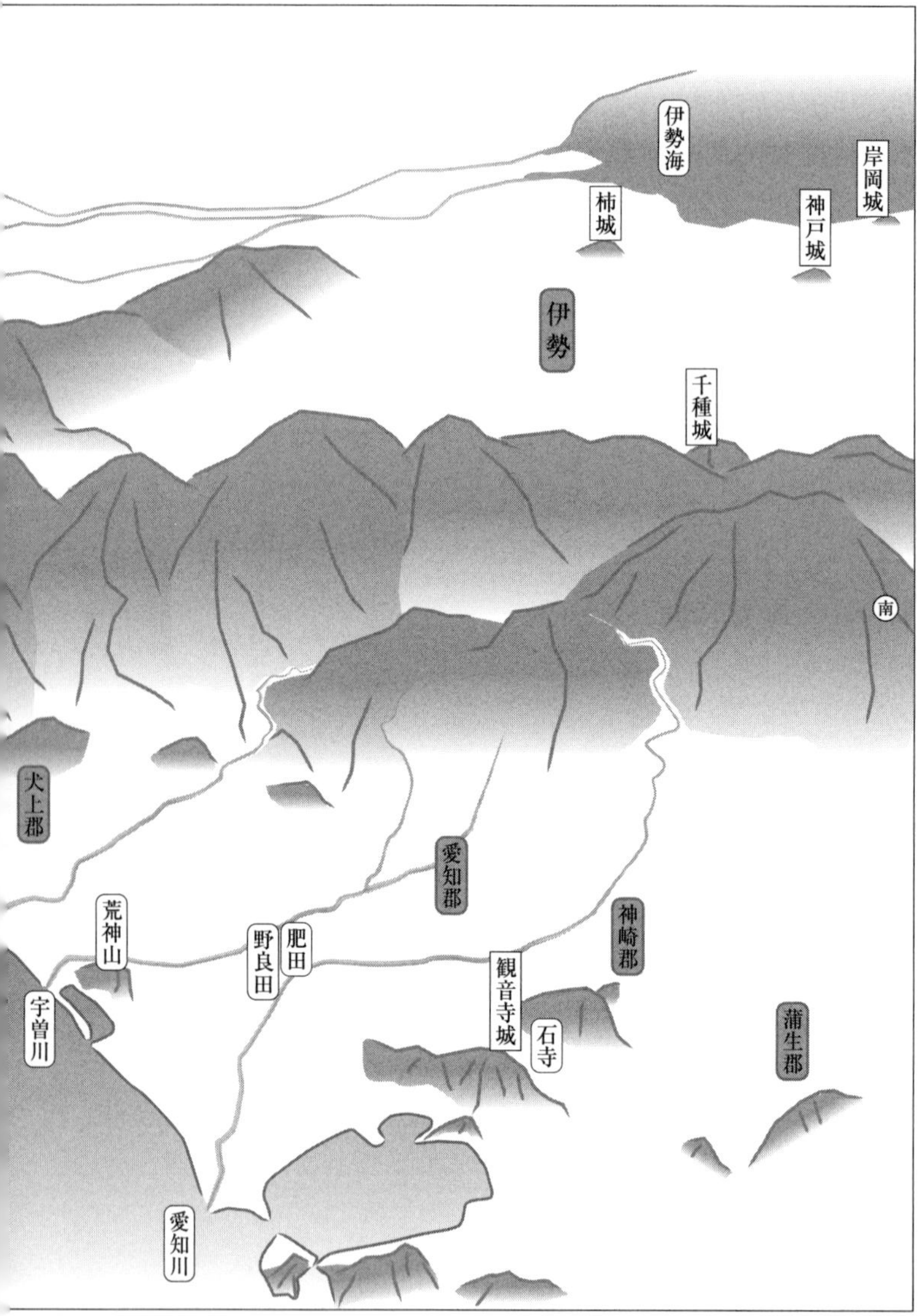

本書の舞台となる山河

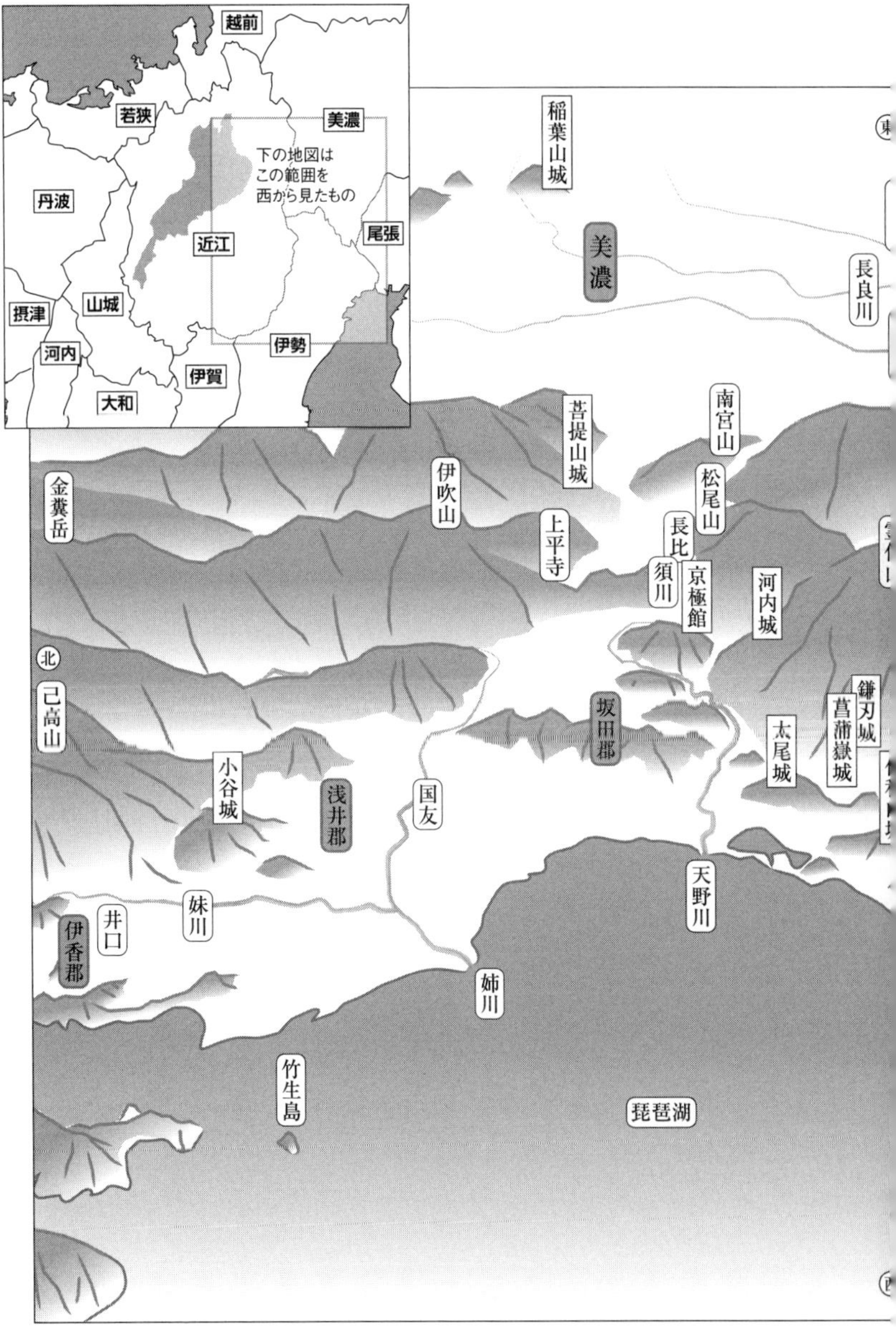
越前
若狭
美濃
下の地図は
この範囲を
西から見たもの
丹波
近江
尾張
摂津
山城
河内
伊勢
伊賀
大和
稲葉山城
美濃
長良川
菩提山城
南宮山
伊吹山
松尾山
金糞岳
上平寺
長比
須川
京極館
河内城
北
己高山
坂田郡
鎌刃城
菖蒲嶽城
太尾城
小谷城
浅井郡
国友
天野川
伊香郡
井口
妹川
姉川
竹生島
琵琶湖

主な登場人物

浅井久政《あざいひさまさ**》** 北近江の盟主、浅井亮政《すけまさ》の後継《あとつぎ》、浅井家二代目。小谷城主。

遠藤喜右衛門直経《えんどうきえもんなおつね》 北近江坂田《さかた》郡の土豪《どごう》。浅井家重臣。

浅井（井口《いのくち》）阿古《あこ》 北近江伊香《いか》郡の土豪、井口氏の娘。浅井久政の妻。

浅井猿夜叉《さるやしゃ》（賢政《かたまさ》、長政《ながまさ》） 久政の子。浅井家三代目。

田那部与左衛門《たなべよざえもん》 坂田郡の土豪。遠藤直経の義兄弟。今井家家臣。

百々内蔵助《どどくらのすけ》 坂田郡佐和山城主。

磯野員昌《いそのかずまさ》 伊香郡の国人。百々家客将。浅井家重臣。

樋口直房《ひぐちなおふさ》 坂田郡鎌刃《かまは》城主堀家家老。

今井定清《さだきよ》 坂田郡の国人。菖蒲嶽《しょうぶだけ》城主。

嶋秀安《ひでやす》 今井家重臣。

赤尾清綱《きよつな》 伊香郡の国人。浅井家家老。

六角義賢《ろっかくよしかた》（承禎《じょうてい》）　南近江守護。観音寺《かんのんじ》城主。
六角義弼《よしすけ》（亀松丸）　義賢の子。
後藤賢豊《かたとよ》　六角家重臣。
京極高慶《きょうごくたかよし》（高吉）　北近江守護、京極兄弟の弟。坂田郡河内《かわち》城主。
浅井お慶《けい》　浅井久政の娘。
井口弾正《いのくちだんじょう》　伊香郡の土豪。妹《いもと》川の井堰《いせき》の井守《いもり》。
国友次郎介《じろすけ》　小谷城下国友村の鍛冶《かじ》職人。
日根野弘就《ひねのひろなり》　美濃国斎藤家重臣。
竹中半兵衛重治《はんべえしげはる》　美濃国不破《ふわ》郡の土豪。

装画　福山敬之

表「己高山《こだかみやま》　～井口から望む～」
裏「妹川《いもとがわ》　～古橋にて願う～」

一章　水争い

見上げる樹々《きぎ》には若葉が茂り、薄桃色のつぼみがふくらみ始めている。合い間から見える空は青く、柔らかな陽光が射している。

久政《ひさまさ》は、境内《けいだい》に植えられた数本の和りんごの樹を眺《なが》めた。毎年、秋には法華寺《ほっけ》の和尚《おしょう》が甘酸っぱい果実を届けてくれる。膨《ふく》らみ始めたつぼみに手を伸ばした。桃色のつぼみはまだ堅い。開き始めた花弁《はなびら》は淡い白になる。

「こらっ、猿夜叉《さるやしゃ》。まだ採《と》ったらあかん」

本堂から聞きなじみのある口調で怒鳴《どな》る声がした。和尚の口まねをしているが、その声はまだ幼く、いたずらっぽく笑いだした。

「喜右衛門《きえもん》。まだそんないたずらしてるんか。もうすぐ元服《げんぷく》やろ」

久政は振り返ると、まだ前髪が残る少年に話しかけた。二人とも背丈があり、良い体格をしている。

浅井久政は、幼名を猿夜叉という。昨年までは、この山岳寺院で学問に励《はげ》んでいた。都と近江の鬼門《きもん》の位置にそびえ立つ「己高山《ここうざん》」の寺院には多くの僧が修行し、地域の有力者の子どもたちが学ぶ場となっていた。ひとつ違いの浅井猿夜叉と遠藤喜右衛門は、ここで共に学び、成長した。その頃、二人で和尚の目を盗んで和りんごを採ろうとして怒られたこともあった。

「俺の修行も夏までです。帰る頃には、まだ青いやろな」

そう言うと、喜右衛門は樹々を見上げ、夏には実り始める青いりんごを想像した。

「そうか。夏には帰るか。やんちゃ坊主も、もう一人前か」

久政は少し寂《さみ》しそうな表情を浮かべた。

「これから新しい井堰《いせき》造りを見に行く。川の水をせき止めるんや。ついて来い」

そう言うと、久政は喜右衛門を連れて寺を後《あと》にした。

久政は、馬にまたがった。久政自身も、まだあどけなさが残る年齢である。しかし、馬上で背筋を伸ばすと、長身で肩幅があり颯爽《さっそう》と見える。一代で北近江の盟主となった浅井亮政《すけまさ》の長男としての自覚や誇りが、その姿に表れ始めている。今日は、学友の喜右衛門を誘い、近くを流れる妹川《いもと》に架《か》ける井堰造りを見に行くつもりである。

馬上の久政の後を、喜右衛門は小走りに追いかけ、参道を下っていく。麓《ふもと》に近づくと、暖かな日差しを浴びた北近江の田園地帯が見渡せる。もうしばらくすると田植えの時期になる。土色の田園が川の両側に広がり、遠くまで続いている。田と田の合い間や山の麓に張りつくように集落がある。田んぼが、暮らしの中心にある。そう思わせる風景である。

北側には越前や美濃、飛驒《ひだ》まで続く山々がそびえている。その山間《やまあい》から流れ出る妹川は、冬場に降り積もった雪解け水を湛《たた》えている。近江国「江州《ごうしゅう》」は、戦国末期の検地では約八十万石もあり、全国一豊饒《ほうじょう》な国であった。その豊かさの源がこの清らかな水である。この水を、北近江の田園に行き渡らせるために、ここに多くの井堰が設けられてきた。

井口と呼ばれる妹川の川岸に近づくと、男たちのかけ声と牛の鳴き声が聞こえてきた。

「おいおい、気いつけーよ」

「いくでー、せーの」

若い男たちのかけ声には活気がある。牛の背に乗せた大木を川岸に積み上げている。そして、別の男たちが川の中に入り、その太い丸太を川に打ち込んでいる。屈強な男たちは、流れの速い浅瀬に踏ん張って立ち、木槌《きづち》を振り上げる。ガンガンと何度も打ち下ろす。日陰に入るとまだ肌寒さを感じるが、男たちの額からは大粒の汗が滴《したた》っている。

二人が川岸に近づくと、それに気づいた村人たちが挨拶《あいさつ》をしてきた。

「ああ、若様、ようお越しくださった」

一人が気づいて挨拶すると、皆が手を止めて次々に挨拶してきた。

「おかげさまで、こんな上流に造れることになりました。さあさあ、どうぞ見てくだせえ」

年配の男が手招きをして、「餅《もち》の井《ゆ》」と呼ばれる井堰造りの現場を案内してくれた。

古来、妹川が山から平地に出る井口《いのくち》にはたくさんの井堰が造られてきた。「上水井《こうずいゆ》」「大《おお》井《ゆ》」、「下井《しもゆ》」などの井堰でせき止められた水は、縦横無尽に広がる用水路を通して、江北《ごうほく》の盆地一帯を潤《うるお》してきた。水は上流から順番に行き渡るため、井堰の順番は命に関わる重要事であった。地元の伊香《いか》郡につながる井堰は、当然最も上流に設けられ、真っ先に用水を引くことができた。伊香郡の田は、主に川の右岸に広がっている。それに対して、二、三里ほど離れた左岸に広がる浅井郡へ水を引く井堰は、下流に造られていた。雨が降り水が豊富な年は、すべての地域に水は行き渡った。しかし、日照りが続く年には、下流ほど水不足が心配になった。命を張った「水争い」になってしまうことがあった。

浅井亮政が江北《ごうほく》の盟主となると、本拠地の小谷《おだに》城の麓にある浅井郡だけでなく、伊香郡や坂田郡を含む江北三郡に大きな影響力をもつようになった。そして、小谷城下の生産力向上のため、妹川左岸の城下につながる井堰を、右岸の井堰よりも上流に設けようとした。右岸の村々からは強い反対もあったが、左岸の村々から集めた三千駄《だ》にも及ぶ贈物と根気強い交渉によって、ようやく最上流への「掛け越《かご》し」に成功したのである。これが「餅の井」である。

城下の村人たちは喜び、感謝していた。浅井の若殿がこの画期的な井堰造りを見に来てくれたことを心から歓迎した。

「よーし。どんどん打ち込んでいけ」

年配の男の指示で、若い男たちは次々に丸太の杭《くい》を打ち込んでいった。川岸から対岸に向けて川を横切るように、杭は川の中央あたりまで打たれた。

「ああ、もーあかん。誰か変わってくれ」

川に入って杭打ちをしていた若者が悲鳴を上げた。

「おいおい、もう根を上げたんかい」

周りの男がからかった。

「いやぁ、ここは深《ふこ》うて、儂《わし》の背丈《せたけ》ではなかなか打ち込めんのや」

若者は木槌《きづち》を肩に掛けて、川から上がってきた。

「俺にやらしてくれ」

そう言って手を伸ばしたのは、喜右衛門であった。木槌を受け取ると川の中へ入っていった。

「大丈夫か。気いつけえや」

まだ少年の顔つきの喜右衛門を気遣って、周りの大人は心配して声を掛けた。しかし、久政は心配していなかった。

喜右衛門は、川の中へ入り中央の杭まで行った。一番深いところであったが、喜右衛門は並の大人よりもずっと背は高く、川の流れにも動じることはなかった。袖をまくり上げた。二の腕から肩に掛けて筋肉が盛り上がっている。両腕で木槌を持つと、高く振り上げて下ろした。

ガン、ガン、ガン、
見る見る丸太は打ち込まれた。

「おおお」

大人たちは感心した。さすが浅井の家臣だと思った。喜右衛門は何本か杭打ちを済ますと、別の男と交代した。縦に打った丸太を補強するために斜めに杭を打ち、さらに逆側からもう一本打ち込み、三本を縄で縛る。一間《いっけん》ごとの間隔でできた柵《さく》は、川幅の端から端まででき上がっていく。久政もともに汗を流した。

数十人の屈強な男たちが、朝から作業をしていたが、杭打ちができあがる頃にはもう日はかなり傾いていた。西側の川岸からも、ときどき作業の様子を見に来る者がいた。

「さあ、いよいよ水をせき止めるぞ」

年配の男が言った。男たちは、川岸に積み上げられた柴《しば》やむしろを持って川に入り、柵に絡《から》ませていった。さらに、そこへ土俵を沈めていく。初めは柴の間から流れ出ていた水は徐々にせき止められ溜《た》まり始める。清流は逆流し、川底の泥をかき混ぜ変色する。土色になる。少しずつ泥川は広がり、水かさは徐々に増える。川の隅々《すみずみ》まで十分に作業が行き届くのを確認して、年配の男は声を掛けた。

「みんな上がれ。儀式の準備や」

男たちは川から上がると、川岸に置いていた黒い装束に着替え始めた。今日の工事は、村人にとって一年で最も重要な行事である。しかも、今年からは、ここでせき止めた水を他の村々を迂回《うかい》して自分たちの田んぼに優先的に引くことができるようになったのである。この井堰《いせき》があれば、心配することなく自分たちの田んぼに「命の水」を流せる。神仏に感謝しても感謝し切れないほどの大事な儀式である。

男たちは黒装束を纏《まと》い、できあがった餅の井を前に集まり、祈る。

日は西側の丘陵に隠れ、日陰が広がっている。風が肌寒くなってきた。少し離れた西側の川岸から白い装束を着た者たちが様子を見ていた。今日一日、たびたび工事の様子を対岸から伺《うかが》っていた者たちである。妹川右岸、井口《いのくち》村の者たちは、「井守《いもり》」として井堰の監視をする必要があった。杭の高さはどうか。幅はどうか。約束し合った掟《おきて》通りに工事は進められたのかと。

儀式を終え、周りの点検を済ます頃には水はかなり溜《た》まり、沼のように広がり始める。堰を越えるほどに溜まるまでには丸一日はかかるだろう。それまでの間、下流に流れる水を完全に止めてしまうわけにはいかない。堰の一部を低くして、わざと水を落としておく。

緊張して見届けていた白装束の者たちは、下流にも水が流されていることを確認すると安堵《あんど》の様子を見せた。井口以外の村々からも、新しい井堰のできあがりを気にして、見に来る者がいた。その中には女や子どもの姿もあった。

数人の白装束の者がこちらに近づいて来た。できあがった餅の井の対岸まで来ると、その中の一人が進み出た。

「皆様。本日はお勤めご苦労様にございました。古来より井守を務めますこの井口弾正《だんじょう》、本日の仕儀がつつがのう致されましたことご確認申し上げる。誠に祝着《しゅうちゃく》にございます」

そう高らかに宣言すると、久政の方を見て、深々と頭を下げた。そして、再びゆっくり戻っていった。その先には、彼らを穏やかな笑顔で待つ人々がいた。そこに一人の女性がいるのが見えた。久政は何度か会ったことがある。

（阿古《あこ》や）

久政は心の中で呟《つぶや》いた。井口弾正の娘である。自分と同《おな》い年《どし》くらいの女の子で、色白の少し気になる女性であった。姿が見えたのはわずかの間で、父とともに村へ帰っていった。黒装束の男たちも、帰り支度を始めた。左岸の取水口《しゅすいこう》から用水路に水が流れ出るのを確かめると、用水の畦《あぜ》道を戻っていく。空はまだ明るかったが、辺りは薄暗くなってきた。二、三里ほど離れた自分たちの村々まで、水路を点検しながら帰って行く。家に着く頃にはもう真っ暗だろう。それでも、水路の点検を怠ることはない。

二股《ふたまた》村で用水が分岐《ぶんき》する。左に行けば小谷城下へ、右に行けば中野へと続いている。ここでの点検は特に念入りになる。誰もが自分の村の方に水を引き込みたい。今日一日ともに力を合わせてきた黒装束の者たちの雰囲気が微妙に変わる。浅井氏の本拠地である小谷城下へ、もっと多く水を引くべきだという者もいる。しかし、中野には長者がいて、餅の井を造る時に大きな貢献をした。三千駄にも及ぶ莫大な贈物を集められたのもこの長者のお陰であった。だから、分岐点で両側へ水を流す。そのようにして、自分の田のところまで帰ってくる。我が田に水が引けているか、水を引き込む堰板《せきいた》が外れていないか確かめる。勝手に板を動かす不届き者がいないかと不安になる。しばらくは夜中に見に来なくてはと考える。

自分の村まで帰ってくると誰もが立ち止まって呟《つぶや》く。

「おかげさまで。これで田植えができる。ありがたや」

男たちは、手のひらを合わせて祈り、そして顔を上げる。視線の先には、小谷山の影が迫る。小谷城の詰め城がある大嶽《おおづく》がそびえている。

久政と喜右衛門も帰路についた。

「喜右衛門。今日はご苦労やったな」

「寺の薪《まき》割りと同じです」

喜右衛門は元気に笑った。

「あとは、雨が降ってくれればいいが。日照りが続けば、命懸けの争いになることもある」

「若様もいろいろ心配なことが多いな」

久政の脳裏にいろいろな心配事が浮かんだ。高齢の父のこと、後継ぎのこと、日照りは大丈夫か。ふと阿古の姿も思い浮かんだ。そして、江南守護の六角《ろっかく》氏との争い、中でも一番気になっていることは、江北守護の京極《きょうごく》氏との対立が今後どうなるか。

「京極様はどう出てくるやろ」

久政は不安げに話しかけた。父の亮政が高齢になり衰え始めた。父が元気な頃には、京極氏との関係は良好になった。しかし、最近京極氏の様子が怪しくなってきた。喜右衛門の家、遠藤家の領地は坂田《さかた》郡の須川《すがわ》にある。京極氏の本拠、柏原《かしわばら》の隣村で、京極氏の動向によっては、喜右衛門との関係もどうなるか分からない。

しばらく考えていた喜右衛門が話し出した。

「俺にもよう分かりません。けど、夏まではこっちにいます。それまでにまた、寺に寄ってください」

そう言うと、喜右衛門は暗くなった山道を駆け上がっていった。


夏になった。ギラギラした太陽がむき出しの日が続いていた。

「どうか、雨、降ってくだせえ」

村人たちの願いも虚《むな》しく、雨は降らない。

黒装束《しょうぞく》の者は、餅の井の監視に来なければならなくなった。餅の井の水は、十分にあった。しかし、下流になるほど、井堰の水は減っていた。深刻な水不足の年になった。下流の者が、いつ餅の井堰を壊《こわ》しに来るか分からない。夜中に監視の目を盗んで自然に壊れたかのように水を流してしまうかもしれない。餅の井の水を引く、左岸の十か村から交代で監視役が集められた。

監視しながら雨乞《あまご》いをする。

「小雨でもええ、とにかくちょっとでも降ってくだせえ」

祈る思いで当番に来る。日が経つにつれ、不安が増していく。恐ろしい昔の記憶が蘇る。地域の者同士が、血で血を洗う水争いの記憶が鮮明に思い出される。

しかし、雨は降らない。このままでは、右岸の下流から順に田は涸《か》れていく。稲が枯《か》れる。飢饉《ききん》になってしまう。

ついに、白の軍団が動き始める。

妹川右岸には十数か村ある。その村人たちが、餅の井を目指して集結する。それぞれの村から数十人が、白装束に六尺棒を持ち、押し寄せてくる。その歩みは速くはない。今からでも雨が降ってくれれば、争わずに済む。ときどき空を見上げながら、ゆっくり進むが、空に厚い雲はない。夏の日差しはきつく、地面にくっきりと影を落とす。

このことを知った黒装束の当番は、慌てて早鐘《はやがね》を鳴らした。足に自信のある男が鐘を鳴らしながら、血相《けっそう》を変えて走っていく。鐘の音は遠く響く。すると遠くでも同じ鐘が鳴る。伝令を配置していたのである。次の伝令に、また次の伝令に、七つの早鐘が連打される。瞬《また》く間に丁野《ようの》、河毛《かわけ》、別所《べっしょ》などの十か村に鳴り渡った。

野良仕事をしていた男たちは、鳴り渡る鐘の音を耳にした。即座に家に駆け込み、用意しておいた黒装束を羽織る。六尺棒を手に家を出る。あちこちから同じ姿の村人たちが駆け出してくる。近所の知り合いである。目と日が合うと「大変なことになってもたな」「気いつけや」と声を掛け合う。隣村からも黒装束をまとった人々が出てくる。皆、向かう先は同じである。黒の軍団は大きな固まりになっていく。

小谷の居館《きょかん》にいた久政も直ぐに馬に乗った。今は、地域がまとまらなければならない時である。争っている場合ではない。何としても水争いを食い止めなければならない。どうすればいいのかはまったく分からないが、とにかく餅の井へ行き、説得しなければならない。馬を走らせながら久政はそう考えていた。

餅の井に着くと、両岸にはたくさんの男たちが対峙《たいじ》していた。こちら側に立つ黒装束の者たちは、肩で荒い息をする者が多かった。対岸に並ぶ白装束の男たちの表情も険しかった。井堰の上流にはまだ十分な水が蓄えられていたが、流れ出る水はわずかである。日差しは厳しく、風もほとんどない。今にも浅瀬へ入ろうと、前のめりでいる男たちの額《ひたい》からは汗が滴っている

対岸の男の中から白装束の一人が前へ進み出た。

「残念ながら、今年は干魃《かんばつ》になった。このままでは下流の村々は干上がってしまう。もともとこの水は、儂ら伊香郡の村に優先権があった。よってこの水を儂らにいただきたい。これより堰を切りたいと存ずるが、いかがじゃ」

この場に集う者たちすべてに聞こえる張りのある声であった。

「いや、お待ちください」

直ぐさま黒装束の一人が手を挙げて制止するような仕草をしながら声を上げた。

「われらがこの場所に井堰を設けたのは、皆様方もご承知のこと。われらの村々から集めた三千駄《だ》の贈物を皆様も受け取られた上でご承知されたはず。今になってそのような申し状、とうてい受け入れられるものではございません」

「そうや、そうや」

左岸の者たちの多くが相づちを打ち、叫んだ。

白の男が制止して再び発言した。

「それはあくまで、平時《へいじ》のこと。干魃の年は別のことでござる」

「その通りや」

右岸からも声が上がった。

「儂らも確かに贈物はいただいた。それはあくまでも、江北全体の発展のために平時はお譲《ゆず》りするという証《あかし》としていただいたもの。干魃の年は、そちらが儂らに譲っていただかねばなり申さん」

「いやいや、そのような都合のよい約束はござらん。われらも江北の発展のため戦《いくさ》が起これば駆けつけ、毎年のように命を張っておる。そのためにこの地をお譲りいただいたわけでござろう。どうかここはお引き取りいただきたい」

「では、どうしてもお譲りいただくことはできんということか」

黒の男は一瞬考えた。ちらっと久政の方を見たが、直ぐに正面を向いた。

「そちらこそお譲りいただき、今日のところはお引き取りをいただきたい」

白の男も一瞬言葉に詰まったが、意を決したように声を上げた。

「ならば、致《いた》し方ない。もう話し合いでは決着がつかぬということじゃな」

白の男はそう言うと、川岸に詰めかけた数百の白の者たちを見渡しながら右の拳《こぶし》を握った。男たちは合図とともに川へ飛び込もうと奮《ふる》い立っていた。対岸では黒の男が最後の宣言を言おうとした。

「水は我らすべての命の源。欲しかったら」

その瞬間、川下《かわしも》から野太い声が響いてきた。

「やめよおお」

その声は、川下にかかる井明神《いみょうじん》橋の上から聞こえた。今にも川に飛び入ろうとしていた両岸の男たちが、一斉に橋の上を注目した。

そこには馬にまたがった老人がいた。ここにいる誰もがこの老人を知っていた。

「浅井様や」

両岸のあちこちでその名を呼ぶ者がいた。一代で江北の盟主となった浅井亮政である。江北をまとめるために一代の人生を捧《ささ》げ、各村々を回り、地域の発展に尽くした英雄である。

「その争い、待て。どうか、この亮政の命に代えて儂に預《あず》からせてくれ」

地域の英雄の言葉は重いものがあった。今にも川に入り、井堰をたたき壊そうとしていた若者たちも、相手を六尺棒で殴《なぐ》り倒してやろうとしていた奴《やつ》らもその一言で立ち止まった。

亮政は馬から降り、素早く川岸に駆け寄ろうとした。そして、両岸が見える川の中央へ出て、両側の人々をなだめようとした。そのようにして人々を調停《ちょうてい》しながら、地域をまとめてきたのである。しかし、亮政も高齢になっていた。馬で駆け通しにここまで来た。少し無理をし過ぎた。気持ちが焦《あせ》るが、体はついてこない。

川へ降りようとしたその瞬間、突然、意識を失った。

「どうなさったんじゃ。浅井様」

多くの者が慌《あわ》てて川岸を駆け上がり、橋のたもとで倒れる亮政に駆け寄った。久政も駆けつけた。

「父上。どうされた。父上」

必死で声を掛けるが、返事はない。息はしている。たまに苦しそうにかすかに唸《うな》ることがある。途方に暮れて久政は周りを見た。

「久政殿。直ぐに家に運んでくだされ」

見上げると井口弾正《だんじょう》がいた。

「家は直ぐそこでござる。ささっ」

久政は、弾正の手招きで周りの数人とともに父を抱えて井口まで運んだ。運ぶ途中、後で声が聞こえた。

「皆の者。このような事態になったからには、今日は引き上げよ。井守、井口弾正の命である。全員直ぐさま、自分の村に戻るのじゃ。分かったな」

橋の上から井口弾正の声が響き渡った。両岸を代表する領主がともにこの争いを止めたのである。特に右岸の村人たちは納得できないままではあったが、仕方なく今日は引き上げることとなった。

久政は、井口屋敷に入り、年老いた父を抱えて座敷に寝かせた。暑い毎日が続き、体が弱っていたのかもしれない。それだけならばいいのだが。直ぐに戸や襖《ふすま》を開けて、風通しをよくした。

するとと外から手桶《ておけ》を抱えて一人の女が入ってきた。久政は「あっ」と声を上げかけた。目の前に阿古がいる。阿古は無言で久政に会釈《えしゃく》をすると、すぐに横たわる亮政に近づき、桶の水で手ぬぐいを絞《しぼ》って丁寧《ていねい》に顔を拭《ふ》いた。桶からもう一枚手ぬぐいを出すと額《ひたい》に当てた。そして、手ぬぐいを洗うと、久政に手渡した。

「体を拭いてあげていただけませんか」

阿古が言った。久政は慌てて阿古から手ぬぐいを受け取った。少し指先が触れた。手ぬぐいは冷たかった。急いで冷たい井戸水を汲《く》んできてくれたんだな、と思った。

「少し出ています。もうすぐ薬師《くすし》が来てくださるはずです」

そう言って阿古は三つ指をついて丁寧にお辞儀をすると座敷から出て行った。きれいな指先が印象に残った。

久政は、父の首筋や胸を手ぬぐいで丁寧に拭いた。父の体は、以前よりもだいぶ痩《や》せていた。このまま父が回復しなければ、この先どうすればよいのだろうか。この大変な時期を乗り切ることができるのだろうか。若い久政には見当もつかなかった。深刻な気持ちになった。

そうしていると、薬師が慌てた様子で部屋に入ってきた。直ぐに亮政の容体《ようだい》を診て、倒れた時の状況や近頃の様子を聞いてきた。弾正が戻ってきたので、久政は父を薬師に任せ、部屋を一旦出た。

隣の部屋で弾正に今日の礼を言い、しばらく話をしていると、薬師が座敷から出てきた。

久政と弾正の前に座るとゆっくり話し始めた。

「やっぱりもうお年ですからな。すぐに命に関わるというようなことはないかと思いますが、連日の暑さで体力も落ちておられるでしょう。いろいろと気苦労も多いことでしょうし」

薬師の言葉に一旦は安堵《あんど》したが、ゆっくりと深刻に話す様子から、父にこの苦難な状況を任すことは難しいと想像できた。若い久政には何ができるのか分からなかった。ただ漠然とした不安感に押しつぶされそうになった。

そこへ阿古が入ってきた。そして、お茶を出してくれた。久政はそれをすぐに飲んだ。少し気持ちが安らいだ。

「とにかく今は安静にしてもらうことが一番でございます」

そう言うと、薬師は再び亮政の様子を見に座敷へ戻った。水争いへの対応はもう待ったなしのところまで来ている。父の容体が良くなるのを待っている余裕はない。

「弾正殿。どうすればよいのでしょうか」

久政は単刀直入に訊《き》いてみた。

「亮政様のお陰で今日のところは治まりましたが、もう一日か二日、雨が降らなければ、どうにもなりません。とにかく今晩も雨乞《あまご》いの祈禱《きとう》を続けます」

「争いをやめさせることはできないのでしょうか」

弾正は難しそうな顔をした。

「右岸の田はもう干上《ひあ》がっております。雨が降らなければ、止めるのは難しいです」

「やはり井堰を落とすしか方法はないのですか」

ますます難しそうな顔をして弾正は唸《うな》った。

「我らはこの地で代々井堰を守ってきた井守《いもり》でござる。井落としをしろと申し上げることはできません。しかし、下流の者はこのままでは収《おさ》まらないでござろう。どうすればよいかは、本当に難しい問題でございます。ただ申し上げられることは、我らは浅井様を信じてきたということでございます。浅井も伊香もなく一つになって協力すれば、この地域に住む者皆が幸せになれるという亮政様の言葉を信じて、これまでやってきました。それは今も変わりません。我ら井口の者たちは、浅井様がどのようなご決断をなさったとしても協力することは惜《お》しみません」

そう言うと弾正は頭を下げた。後ろで聞いていた阿古もあわせてお辞儀した。

父はしばらく眠ったままであった。久政は父の寝顔を見ながら考えた。父は、皆を幸せにするために、地域を一つにまとめようとしていたのか。浅井も伊香もなく、左岸も右岸もなく、一つになる、とは。どうすれば一つになることができるのか。

小谷城から姉や家臣たちが駆けつけて来た。今晩はここで看病することとなった。翌朝父の容体はやや回復したが、まだ一人で起き上がれなかった。年を取り頑固《がんこ》さが増してきたので、籠《かご》に乗せるにも一苦労であった。それでも、何とか小谷へ戻った。


一旦は引き上げた村人たちも、気が気ではなかった。一昨日《おとつい》も晴れ、昨日《きのう》も晴れ、そして今朝《けさ》の空にも厚い雲は見あたらない。領主への気遣《きづか》いから二日は辛抱《しんぼう》したが、もう田んぼが限界である。日が、伊吹《いぶき》の峰々《みねみね》から顔を出し高くなる頃になっても、事態が改善される見通しがないと分かると、白の軍団は動き始めた。もう今日は何としてもやらなければならない。

その動きを見越した黒の男たちも早鐘《はやがね》を鳴らした。いつもよりも完全な備えをして、餅の井を目指した。今日はもう避けられないだろう。同じ地域の者同士本当はやりたくはないが、やるしかない。

久政もその動きを察知すると、馬で駆け出した。何としても争いは止めなければならない。けれどもどうすればいいのか、まったく分からなかった。父は病床《びょうしょう》に伏せている。この問題を誰かに任すことはできないことは分かる。馬を駆りながらも考えを巡らせたが、よい考えは浮かばなかった。

もう少しで餅の井というところで声を掛ける者があった。

「若様」

喜右衛門が駆け寄ってきた。薪《まき》割りの途中で騒動《そうどう》を聞きつけたのか、斧《おの》を手に走ってくる。

「急ぐぞ。今日は争いをやめさせるんや」

久政は馬を急がせた。川岸に到着すると、すでに最後の宣言の声が聞こえてきた。

「水は我らすべての命の源。欲しかったら、力ずくで取れ」

もう話し合いでは済ませないところまできているのか。

「かかれー」

「おおおお」

怒号《どごう》とともに、両岸から井堰を叩《たた》き壊《こわ》そうとする者と守ろうとする者が、互いに飛び込

んでいく。いち早く飛び込んだ者から水しぶきが上がり、両者が中央のあたりで組み合おうとした。その時、

「待て、待て待てー。やめろー」

駆け込んできた久政は、井堰の丸太に飛び乗って大声を張り上げた。

「とにかくやめるんや。俺が話を聞く」

多くの者たちが、その声を聞き、一瞬動きを止めた。「若様や」という声があちこちから聞こえた。しかし、制止にもかかわらず、井堰に近づこうとする者もあった。久政の後ろを通って、喜右衛門が丸太を次々に飛び移り、井堰に近づく者を斧で威嚇《いかく》した。

「とにかく争いはやめるんや。われらが争っても何にもならん。浅井郡も伊香郡もない。話し合って解決するんや」

久政にはどうすればよいか、何の考えもなかった。しかし、とにかくこの場は食い止めなければならないと必死であった。

「話し合ってももう無理なんや」

白の男が声を上げた。

「この前、浅井様が預かると言われたから、儂らはやめたんや。けど、二日経っても何も話がない。もう儂らも限界や」

「そうや、もう一日でも待ったら稲が枯れてしまうんや」

　次々に白の男たちが声を上げる。

「だからと言って、儂らが殺し合いのけんかをしてどうするんや。こんなことをしていたら六角や京極が攻め込んでくる。もっと大変なことになってしまうんや。そやから、争ってる時ではない。やめるんや」

　久政には、幼い頃から何度も六角との戦に負けて逃《に》げ惑《まど》った記憶がある。その中でたくさんの人たちを失った悲しさが身に染みている。それは、地域の人々も同じような思いをしている。

「そやから、みんなが生きていけるように水を流してくださいと言ってるんや。流してくれたら争わんでええんや」

「そうや。何度もお願いして、今日まで待ったんや。堰を壊すだけならとうにやっとった。けど、儂らかて浅井様の決断を待ったんや」

　久政には、どのように返していいか分からなかった。いろんなことをもっともっと知らなければ、本当にどうすることが地域の人々にとって最も良い決断なのか。まだまだ、若すぎて、知識も経験もない。けれど、白の者たちの叫びは理解できる気もした。

「そうか」

久政は、うなずいた。

その様子を見ていた黒の男が慌《あわ》てて話に入ってきた。

「いやいや、この堰《せき》を造るために儂らはどんなに大変な思いをしたか。けど、この堰ができれば収穫が増えると思って、苦しくてもみんなが何とか出し合って、三千駄も集めたんや。今年収穫がなかったら、儂らもうやっていけんのや」

「そうや。あんたらは、まだ貯えがあるやろ。儂らが贈った米も布もまだあるはずや。けど、もし水が足りんようなことにでもなったら、今年は困る。儂らかて譲《ゆず》るわけにはいかんのや」

「そうやぞ。儂ら小谷のお城の麓に住む者が暮らしていけんようになったら、誰がここを守るんや。儂らが命を張って、あの六角様とも戦って、この地域を守ってるんや」

「京極様の時代に戻るようなことになったら、またあんな理不尽《りふじん》なことばかりになるんやぞ。ええんか、それで」

黒の者たちも、次々と言い張った。しかし、白の者たちも黙ってはいない。

「浅井様だけが、六角と戦ってるわけやないやろ。儂らも一緒に戦ってるんや」

「そやそや、あんたらだけやないやろ」

「ほんま、いつもいつも六角に攻められて、負けてばっかりやないか」

「なんやと」

「おいおい、そら言い過ぎや」

「やめとけ」

「何言うとるんや。こんなことで引き下がってられるか」

「それみろ。そやから、こいつら信用できんのや。堰が壊れたら、水どんだけ持っていかれるか分からへんぞ」

「やめろ。やめろ」

「なんやと。この野郎」

「やってまうぞ」

川を挟《はさ》んで分かれていた人々の群れが大きく動き、ぶつかり合おうとした。

「待てー、待てー」

久政は必死に止めようと叫んだ。ところが、その瞬間、水しぶきが辺《あた》りに飛び散った。

「やれやれ、やったらええんやー」

叫びとともに、井堰の中央からガサッガサッという大きな音が鳴り響いた。異様《いよう》な音に気づいた者たちは中央を見た。そこから水が溢《あふ》れ出してきている。川の中央にいた男たちは、思わず後退《あとずさ》りし、分かれた。

井堰の丸太の上には、喜右衛門が立っている。叫びながら、斧を振り降ろしている。堰を叩き壊している。壊れたところから水が溢れ出す。しぶきが飛び散り、水がドオッとかかる。

「やれやれ、もっとやれ。そうやって殺し合えばええんや」

喜右衛門は叫び、叩《たた》き続けた。

「喜右衛門。何してるんや。やめろ」

一瞬言葉を失っていた久政が声を絞り出して喜右衛門を止めた。しかし、中央の丸太と丸太の間はもう完全に壊れていた。

「誰のための堰なんや。何のための堰なんや。人は阿呆《あほう》や。そんなことも分からへんのやったら、こんなもん壊してしまえ。こんなもん造るから、殺しあわなならんのや」

そう叫ぶと喜右衛門は隣の堰も壊し始めた。水はさらに流れ出た。

「喜右衛門。やめろ」

久政は丸太を飛び越え、中央へ近づいていった。喜右衛門も水が溢れ出る堰の反対側に飛び越え、久政から離れた。

「いや、やめへんで。みんなが殺し合うぐらいなら、俺が壊したる」

そう叫ぶともう一か所も壊し始めた。

「喜右衛門、俺が言うことが聞けんのか」

そう言うと久政は、喜右衛門が立つ井堰の中央へと一歩また一歩と近づいていった。そして、あと、丸太二間《けん》のところまで迫《せま》った。

「やめろ」

低いけれどはっきりと、久政は言った。そして、掴《つか》み掛《か》かろうとした。

その時、喜右衛門の後ろ側で人影が動いた。おぼつかない足どりで近づいてくる一人の女が見えた。

「やめてください、もう。もう十分です」

か細い声ではあったが、はっきりと聞きとれた。

「阿古」

久政は思わず口にした。阿古が対岸から近づいて来ている。必死に丸太の上を少しずつ歩《あゆ》んでくる。

「井口にある井堰はすべて、どれも私たちの地域の誇りです。この堰を守るのが、私たちの務め。もうこれで十分です。もうやめてください」

そう言うと、斧を振り上げる喜右衛門の向こう側の丸太に飛び移ろうとした。

「危ない」

久政は声を上げた。足下《あしもと》の丸太が壊れている。

「あっ」

阿古の足下が崩れた。阿古は溢れ出る水とともに流された。その瞬間、久政は水に飛び込んだ。二人は濁流《だくりゅう》に押し流された。白と黒の軍団の間をどんどんと下流に押し流されていく。あっと言う間に数十間《けん》ほど流された。久政は必死にもがき、川底に手足を伸ばし這《は》いつくばった。水がどんどんと流れてくるが、必死で立ち上がった。

「阿古。大丈夫か」

立ち上がった久政は、下流に流されている阿古のところに駆けつけ、抱きかかえた。水に濡れた髪が輝いている。

「はい。私は大丈夫です。久政様こそ、お怪我《けが》をされて」

弱い声であったが、阿古は自分のこと以上に久政を気遣った。久政も川底に体を擦《こす》ってあちこちが痛かった。阿古の手足にも擦《す》り傷があった。痛くないはずがない。

その時、久政は決心した。阿古を抱きかかえたまま立ち上がった。少し恥ずかしそうにする阿古をじっと見て、久政は言った。

「阿古、俺と一緒になってくれ。この地域の人たちを守るためや。頼む」

阿古は一瞬驚いたように目を丸くした。そして、はにかむような笑顔を見せて、小さく頷《うなず》いた。久政は川上へ振り返ると、大きな声で叫んだ。

「皆の者、よく聞け。俺は決めたぞ。この井口の娘を嫁にもらう。われらは一つや。われらの地域に上流も下流もない。伊香も浅井もない。みんな一つにまとまるんや。これがその証《あかし》や。だからもう争いは終わりにする」

そして、晴れやかに笑った。空は雲ひとつない青空で、妹川の上流には己高山の頂がそびえている。井堰の中央から流れ出る水しぶきに向かって、久政は歩き始めた。両側には黒と白の者たちが並んでいる。複雑な表情で二人を見ている。久政は、中央が壊れた井堰を見て、叫んだ。

「もう壊れたものはしかたない。しばらくの間だけ水は流すことにするぞ。俺と弾正殿が一緒に見届ける。みんなの命を守るためや。俺は必ずこの地域の人たち、みんなを守る。必ず誓う。だから、俺たちを信じてくれ。よいな」

久政は皆に呼びかけた。皆の者の思いは複雑だったが、これが浅井の決断である。多くの者が頷いた。不服があっても、今それを口にする者はなかった。

久政は阿古を抱きかかえ、対岸にいた井口弾正のところまで連れて行った。

「さあ、井口殿。みなさんをゆっくりお帰しください。みなさんが、あの橋よりも向こうまで行ったら、われらは堰を修復致《しゅうふくいた》す。それまでに水はある程度流れるでしょう。それで、よろしいな」

つかの間、弾正は答えるのを戸惑ったが、直ぐに決心したように頷いた。

「はい。痛み入ります」

井口弾正は頭を下げた。

「皆のもの。水が流れたぞ。かくなる上は、それぞれの村の用水に戻らねばならん。さあ、引き上げじゃ」

弾正のかけ声とともに、白装束の者たちは引き上げ始めた。

対岸に戻った久政は、黒装束の者たちとともに焦《あせ》る気持ちを抑えて待った。井堰の水かさはかなり減ってはきたが、まだ残っている。浅井郡の村々すべてに行き渡る量が残っているかどうか心配になったが、できるだけ分け合わねばならないと納得するしかなかった。このような争いを起こさないためにも、そうすることの大切さが争って身に染《し》みた。いや、命をかけて争わなければ納得を引き出せなかったのかもしれない。「大人は阿呆や」と喜右衛門は言っていた。その通りだった。

「喜右衛門はどこに行ったんやろ」

周りの者に聞いても分からなかった。

白装束を着た人々の歩みはゆっくりで、進んだかと思えば立ち止まって、川の流れを確認し、そしてまたゆっくり歩き出す。それを何度も繰り返す。そして、ついに白の一団の最後尾《さいこうび》の人たちが井明神橋《いみょうじん》にたどり着いた。その中には阿古の姿も見えた。橋の上でこちらを振り返った。

「阿古のこと、お願い申しあげまする」

井堰を見守る井口弾正が対岸から久政に声をかけた。

「こちらこそよろしくお願いいします」

久政は弾正に頭を下げた。そして、橋にいる阿古の方を向いて大きく手を振った。小さくしか見えない阿古の顔は微笑《ほほえ》んでいるように見えた。そして、最後尾の一団と一緒に橋の向こう側に消えた。

「さあ、取りかかれ」

杭や柴を用意して待っていた男たちが、号令とともに一斉に作業に取りかかった。

「急げ。水を止めろ」

数十人が一斉に川へ入り、壊れた井堰を修復し始めた。まず水が溢れ出ないように流れを止めた。その後、丸太を打ち直した。交代で昼飯もとってみんなで作業した。その様子を見ながら久政は思った。これでいい。こうするしかなかったんだと。

修復にはかなりの時間がかかった。日はもう傾いていた。完了を確認すると、久政は一人で馬に乗り、この場を離れた。そして、法華寺に急いだ。喜右衛門に会っておかなければいけないと思った。

参道を駆け上がり、境内に入るところで馬をつないだ。見上げると、こんな日照りでも和りんごが実っていた。嬉《うれ》しくなって、久政はその一つを採ってかぶりついた。まだ青かった。口の中に唾液《だえき》が溢れた。もう一口かぶりついて嚙《か》んだ。小さなりんごは二口でほとんどなくなった。口に酸っぱさが広がり、残りは捨てようかと思った。しかし、思い直して、残りも口に入れた。

寺に入ると、夕べの勤行《ごんぎょう》をする和尚の声が聞こえてきた。久政は本堂に上がり、静かに座ると、ともに読経《どきょう》した。ひと段落したところで和尚が振り返ったので、久政は喜右衛門のことを尋《たず》ねた。

「ああ、もう出てしもたで。なんや、あいつ久政様んとこに挨拶に行かんかったんか」

和尚が答えた。

「いや、会ったのですが、伝えたいことを言いそびれてしまったので」

「ああ、そうかあ。残念やな。もう当分の間は来れんと言うてたな。京極様が許してくれんのやろ」

ここへ来ればいつでも会えると思っていたが、もう会えなくなってしまう。久政は立ち上がり、和尚への挨拶もほどほどに本堂を後にした。

「もうだいぶ前に出たで。追い付けんかもしれませんで」

和尚の声が背中から聞こえたが、急いで草履《ぞうり》をはき、馬に乗った。

参道の両側には樹々が茂り、木陰《こかげ》は少し暑さが和《やわ》らぐ時間になっていた。喜右衛門が住む坂田郡須川は近江と美濃の国境《くにざかい》にある。同じ北近江ではあるが、京極氏の勢力範囲にある。喜右衛門も須川《すがわ》に戻れば、在地の有力な土豪《どごう》として、たくましく生き抜いていこうとするだろう。美濃との国境に位置し、京極兄弟が住む地域のすぐそばで生き抜いていくことは大変な困難が待ち受けているに違いない。それでも喜右衛門ならば、強くしたたかに生きのびていくはずだ。次に会う時には恐ろしいほどの武将に成長しているかもしれない。しかも、それが対峙《たいじ》する戦場ではないとは言いきれない。久政の心にそんな将来の不安がよぎった。

井明神橋が見えるところまで駆けてきたが、やはり姿は見えない。もしもそんな将来が現実になるのなら、その時までに自分ももっと大きな存在になっていなければ。そうでなければ、浅井は滅ぶ。自分にはこの地域の暮らしを守ることができるだろうか。そして、阿古のことも。いや、そんな弱気でどうする。阿古のことは、絶対に守るんだ。そう自分に言い聞かせようとした。

井明神橋を少し通り過ぎたところで、久政は馬を止めた。喜右衛門を追うのはやめよう。そう思った。そう決意すると、急に阿古に会いたくなった。馬の踵《きびす》を返し、井明神橋を渡った。

井口村へ進むと多くの村人が今夜も雨乞《あまご》いの儀式を行うための準備をしていた。その中に阿古の姿が見えた。久政が馬で近づくと、阿古も気づき、笑顔でこちらを見た。久政は手を伸ばした。手を出す阿古を引き寄せて、馬に乗せた。

「いくぞ」

久政は馬を進めた。多くの村人が見守る中を二人は進んだ。村人はみな二人を祝福し会《え》釈《しゃく》をした。

妹川の川岸は、琵琶《びわ》湖の対岸の山々に沈んでいこうとする夕陽で赤く染まっていた。若い二人には、多くを語る言葉はなかった。これからの暮らしに互いに不安なこともいっぱいあった。それでも、二人きりで進む川岸を吹く風はどこか爽《さわ》やかで、夕陽に染まる阿古の横顔は穏《おだ》やかで輝いて見えた。

坂道を上り、辺りが見渡せるところまで来て、久政は阿古を降ろし、自分も馬を降りた。夕陽が差し込む田園風景は美しかった。田や村々を見渡しながら久政は言った。

「父がそうしてきたように、俺もこの地域を守っていきたい。阿古、苦労を掛けると思うけど、一緒に頼む」
阿古は、穏やかな笑顔ではっきりと返事をした。
久政は、夕陽に染まる阿古を見て、綺麗だと思った。

叩《たた》き三間《さんげん》……干魃の年には三間の幅だけならば井堰を叩き壊してもよい。ただし、井明神橋に行列が消えるまでの間だけに限る、というこの地の掟《おきて》。「水争い」の儀式は、この頃始まり昭和十五（一九四〇）年までの約四〇〇年間にわたり、実際に繰り返された。

二章　内省

「国友殿《くにともどの》。よくぞ仕上げていただきました」

久政は、馬から素早く降りると、道端《みちばた》で待っていた男たちに駆け寄った。吐息《といき》は白い。空はまだ薄暗く、底冷えする早朝である。一面に積もる雪のため辺《あた》りに明るさがある。

「しかもこのように早くできるとは。まことにありがたいことです」

そう言うと、久政は壮年《そうねん》の男に深く頭を下げた。男の名は国友善兵衛《ぜんべえ》。近江でも随一《ずいいち》の鍛冶《かじ》職人である。

「いえいえ。殿様。頭を上げてくだされ。もっと、もっと早《はよ》う仕上げたかったのですが、こんなにかかってしまいました。これでございます」

従者《じゅうしゃ》が大事に抱えていた木箱の中から、善兵衛は布でくるんだ細長いものを取り出そうとした。その手は異様に黒く分厚い。多くの擦《す》り傷《きず》が見られる。久政は、その手を見て、かなり根《こん》を詰《つ》めて作業をしてくれたに違いないと思った。このような見たこともない武器をわずか半年たらずで仕上げた城下の職人の思いを想像すると、自然と頭が深く深く下がった。

「おお、これでござるか」

久政はそれを受け取った。布を開けると中から木製の台座に乗った鉄の長い棒が出てきた。手にしてその形や構造を確かめようとした。指先に触《ふ》れる鉄はあまりに冷たかった。体の芯《しん》まで凍《い》てつくような冷たさに耐えながら、この武器を丹念に調べた。完璧《かんぺき》な仕上がりである。

「以前見たものと寸分《すんぶん》も違《たが》わぬ出来映《できば》え。本当によくぞ作ってくださった。これならばきっと六角様も喜ばれるに違いない」

「そうやとええですな。お方様《かたさま》も早う帰って来れると」

久政は再び視線を落とした。すると、この鉄製の武器に白いものが降りかかった。見上げると小雪が舞い始めている。

「おおっと、濡《ぬ》れるとあきませんので」

善兵衛は少し慌《あわ》てて久政からそれを受け取り、布を被《かぶ》せて木箱に入れた。

「遅くなってはまずい。昼ごろには着けるように参りましょう」

一行《いっこう》は小雪の舞う中、小谷道を南に向かった。小谷城から城下を通って坂田郡に向かう道である。久政は小谷城下の整備を進めてきた。城下の村外《はず》れに国友村はある。江北は古くから鉄を採掘《さいくつ》してきた。伊吹山から北に延びる山地の金糞岳《かなくそだけ》や金居原《かねいはら》で採れた石から鉄製品を作る鍛冶職人が多数いた。その高い技術者をこの国友に集めた。

今日の目的地は、六角氏の本拠、観音寺城《かんのんじ》である。昨年依頼された「種子島」の複製がやっとできた。これを届けるために向かっていた。そして、久政にとって、もう一つの目的は、久しぶりに阿古に会うことであった。

この数年間に久政と阿古を取り巻く状況は大きく変わった。水争いの後、しばらくして久政と阿古は結婚した。しかし、その後は階段を転げ落ちるように様々なことが起き、浅井の命運《めいうん》は尽《つ》きかけていた。

久政は、もう二十歳を迎《むか》える。この間に起こった出来事を思い出し、どこかで別の道が見つけられなかったかとたびたび振り返った。今日も観音寺城へ向かう道中で思い返すのであった。

雪が舞っている。あの日も今日のように小雪の降る朝だった。父亮政《すけまさ》が亡くなった。天文十一（一五四二）年正月六日のことであった。

　亮政の晩年には幾多《いくた》の苦難が重なった。天文七年には六角氏の大軍が小谷城まで侵攻し、亮政は降伏せざるを得なかった。六角に臣従《しんじゅう》しつつ、この強大な敵に対抗する力を蓄《たくわ》えるため領内に用水を行き渡らせた。しかし、不運にも日照りが続き「水争い」を招いてしまった。浅井の衰えを見た旧主京極高広は弟高慶《たかよし》と手を結び、天文十年、江北の覇権《はけん》を取り戻そうと反旗《はんき》を翻《ひるがえ》した。亮政であればこそ、複雑に絡《から》まった京極一族の暗躍《あんやく》を抑えることができた。しかし、その父はすでに高齢で、山積《さんせき》する難題を前に苦労の末、倒れた。

　浅井家の後継《あとつ》ぎは、久政の義兄《ぎけい》、田屋明政《たやあきまさ》になるはずであった。葬儀《そうぎ》の喪主《もしゅ》は明政が務めた。浅井家の血筋は亮政の妻、蔵屋《くらや》が本家であった。亮政は婿《むこ》入りした立場であったが、蔵屋と亮政の間に男子は産まれなかった。二人の間に生まれた長女が田屋明政と結婚した。久政は、浅井本家の蔵屋の血を受け継いでいない。しかも、まだ若すぎる。本家の血筋を引く女性の結婚相手である田屋明政が後《あと》を継《つ》ぐであろうと思われていた。

　しかし、誰がこのような苦難な状況にある浅井家の命運を喜んで引き受けるだろうか。

　葬儀は無事に執《と》り行われた。領内外から参集した多数の人々の「南無阿弥陀仏《なむあみだぶつ》」の念仏に弔《とむら》われ、父は浄土へ旅立った。しかし、忌明《きあ》けもせぬ間に京極氏は、浅井の切り崩《くず》しに動いた。正月十一日、坂田郡の下坂《しもさか》氏は加田庄《かだしょう》五百石で京極に誘われた。

あの時、どうすれば良かったのだろう。何か別の方法はなかったのだろうか。久政は、時々この頃のことを思い出す。あの時は、頼れる父がいなくなった不安を漠然と感じていたが、それが、本当はどんなに大変なことかを、まだ実際には分かっていなかった頃だった。葬儀がひと段落した後、一族が集められた。

田屋明政は、深々と礼をした後、ゆっくり話し始めた。

「皆さん、ご苦労様でした。おかげをもちまして、父の葬儀もひと段落つきました。私もこの葬儀が終わるまでは何としても喪主《もしゅ》の役目を果たさねばと思ってやってきました。これで少し肩の荷が下りました」

義兄のそんな言葉に、久政は少し違和感を抱いた。広間の正面には亮政の正妻である義母の蔵屋がいた。実母の馨庵《けいあん》、姉の鶴千代《つるちよ》、阿古もいた。明政は続けた。

「父上は数年前に私にこうおっしゃっていました。本当は久政殿に浅井家を継がせたい。けれど、久政殿が成長するまでの間、もうしばらくは頼むということでした。それで、これまで私もその任を務めてきました。しかし、久政殿もこのように立派に成長され、井口家から嫁も迎えられた。そこで、御当主の蔵屋様ともご相談申し上げ、この葬儀を期に、浅井家は久政殿に後を継いでいただくことにしたい」

久政は突然鼓動《こどう》が激しくなり頭に血が上《のぼ》るのが分かった。

「浅井家にとっては、大変な時期ですが、私たちもできる限り協力していきます。どうか久政殿、よろしくお願いします」

明政はそう言って頭を下げた。母は笑顔であった。蔵屋も頷《うなず》きながら聞いていたが、久政の様子を見ながらこう言った。

「久政殿。よろしいね。馨庵様とも相談した上でのこと。どうかよろしくお願いします」

久政はどう返事をすればよいか分からずにいたが、何とかがんばらなければいけなくなったことは分かった。

こうして久政は風前の灯火《ともしび》の浅井を任された。

一行は小雪の舞う中、馬を進めた。道には昨夜から僅《わず》かに降った雪が積もっている。湿気を含むボタ雪は重く、馬の足にへばり付く。足下《あしもと》を気にして進まなければならない。国友村の外れまで来た。いくつかの家が焼け落ちたままであった。半年前に京極に攻められ、焼かれた跡であった。

後を継いだ久政ではあったが、その苦難は想像以上であった。亮政一代で成り上がった浅井家には家勢を支える譜代《ふだい》の家臣も少なかった。もともと同格の国人領主が、京極氏の理不尽な支配に対抗するために結束し、それをまとめたのが亮政であった。まとめ役がいなくなれば、要《かなめ》を失った扇《おうぎ》のようにバラバラになってもおかしくはなかった。さらにこの状況に加えて、この時期、六角氏は定頼の代で、管領代として足利将軍を支える全盛期であった。六角が本気になればたやすく滅《ほろ》ぼされたであろう。

京極はじりじりと勢力を広げてくる。槍《やり》の生産地下坂《しもさか》が奪われ、坂田郡に浅井の力は及ばなくなった。それでも、浅井は簡単に滅びなかった。かつての京極支配の時代の悪夢を知る人々は浅井を支えたのである。久政も、村々を回り農村の生産力を高め、小谷城を中心に城下を整備し、地域の発展や内政に努めた。地道な努力と信頼が浅井の命運をぎりぎりのところで繋《つな》いでいた。亮政の死から丸二年が経ち、久政は父の三回忌法要《さんかいきほうよう》を勤めることができた。

しかし、天文十三年八月、ついに京極高広が小谷城下の一角、国友村を襲撃《しゅうげき》した。

まさに浅井氏の命運は尽きようとしていた。

あの時は、そうするしかなかったのだ。他に方法は考えられなかった。久政は、たびたびこの時を思い出した。

「お婆々様《ばば》。何とか行ってはもらえんか。もうこれより他に方法がないんや。浅井家のため。地域に生きる人々のためや。たのむ」

久政は、祖母八島《やしま》に何度もお願いをして説得した。

「わしゃ、もう年や。こんな年になってあんな遠いとこに暮らすのはいやや。ここへ置いてくれ」

そう言って、祖母は泣いた。

浅井を救うための方法はもうこれしかないと久政は思っていた。足利幕府の後ろ盾で近江守護の実力者六角氏の家臣となれば、京極もこれ以上手出しはできない。苦難の末《すえ》にたどり着いた答えは、この方法しかなかった。六角への臣従を打診すると、六角定頼は重臣の進藤を江北との境目《さかいめ》に位置する佐和山《さわやま》城まで派遣してきた。進藤からの返答は、臣従の証《あかし》に身内《みうち》の一人を観音寺に住まわせることであった。身内の誰かを人質として送らなければならないということである。

誰に人質となってもらうか。祖母にお願いしたが、受け入れられなかった。久政には二人の母がいた。義母の蔵屋《くらや》と実母の馨庵《けいあん》である。二人は仲が良かったが、日頃から神経質なほど互いへの気遣いを怠《おこた》らなかった。蔵屋は浅井本家の血筋である。馨庵は尼子《あまご》家の血筋を受け継ぐ近江の名家《めいか》の出身である。どちらかに人質に行けと言えば、どちらにも角《かど》が立った。

久政が困っていると、それまで側で娘と遊んでいた阿古がこちらを向いて話し始めた。

「久政様。私が参ります。これまで嫁《とつ》いで三年。皆様には本当によくしていただきました。皆様のためになるなら、私が参ります」

阿古は微笑《ほほえ》むと、再び娘の方を向いて声をかけた。

「お慶、危ないよ」

走り出そうとして転《ころ》びそうになった娘を、阿古は両手で抱《だ》き上げた。それから数日間、幼い娘との幸せな暮らしを大切に過ごした。

支度《したく》が調《ととの》うと、久政と阿古は観音寺城に向かった。阿古には警護《けいご》の者と身の回りの世話をする侍女を付け、ともに連れて行った。また今回は、六角定頼の命で国友鍛冶も同行することとなった。

阿古が「こんなことはもうないかもしれないから、駕籠《かご》に乗ってゆっくり琵琶湖を見ながら行きたい」というので、晴れた秋空の下、琵琶湖畔をゆっくり向かった。阿古は人生で初めての旅だと言って喜んでいた。

城に着くと、まず城下の小野《おの》というところに行くように命じられた。そこに阿古の住む家が用意されていた。別れの時も阿古は泣かなかった。人質を出さなければならなくなった久政の無念を、阿古はよく知っていた。だから涙は決して見せなかった。けれど別《わか》れ際《ぎわ》に「また、今年のうちには来てくださいね」と言った。久政は、阿古もきっと寂《さび》しいに違いないと思った。

なぜ阿古が「今年のうちに」と言ったのか。どうして「駕籠でゆっくり行きたい」などという、普段《ふだん》言わないわがままを言ったのか。後になって久政は気づかされた。阿古は、久政が思っていた以上に久政のことを気遣《きづか》ってくれていた。

登城《とじょう》するように命じられていたので、国友鍛冶とともに観音寺城へ向かった。六角氏の居城《きょじょう》はとてつもない要塞《ようさい》であった。観音寺山にそびえ立つ城には、多くの家臣の屋敷が点在している。その一番上には御屋形《おやかた》様の屋敷があり、その入り口には巨大な石垣が置かれ、敵の侵入を防いでいる。石垣の間を通り屋敷に入ると控《ひか》えの間に待たされた。かなりの時間が経って座敷に通された。平伏《へいふく》して待つと、奥から六角定頼《さだより》と義賢《よしかた》が現れた。

「おお、久政か。よくぞ参ったな」

六角定頼はそう言うと上座《かみざ》に座った。その子義賢もその横に座った。

「浅井久政にございます。このたびは臣下《しんか》に加えていただき、まことに恐悦《きょうえつ》至極《しごく》にございます」

「堅苦《かたくる》しい挨拶《あいさつ》はよい。しっかり働けよ。それより、これが国友善兵衛か」

定頼は、久政の後ろに控える男を指さした。

「はい。お目通り頂き、恐悦至極にございます」

「ああ、よいよい。それよりこれじゃ」

床の間の前の刀掛《かたなかけ》に置かれた細長い棒のようなもの指さした。

「おい、見せてやれ」

控えていた小姓《こしょう》がそれを取り、久政の前に差し出した。久政は大事にその棒のようなものを両手で持った。かなりの重さである。木と鉄でできている。精巧なもののようである。

少し見て、国友善兵衛に手渡した。

「これが何か分かるか」

六角義賢が少し甲高《かんだか》い声で訊《き》いてきた。久政にも善兵衛にも見当《けんとう》はつかなかった。

「そりゃあ、分からんわのお」

六角親子は顔を合わして笑った。

「これは、儂《わし》が将軍家から預かった種子島《たねがしま》じゃ」

「種子島にございますか」

久政は定頼に尋ねた。すると、横にいた義賢が説明を始めた。

「九州の南に種子島という島がある。島津という薩摩《さつま》守護が治めるこの島に、先年、珍しい船がたどり着いた。その船に乗っておった異人《いじん》の持ち物が、これじゃ。この南蛮渡来《なんばんとらい》の種子島を、島津が将軍家に献上《けんじょう》し、さらに管領《かんれい》細川様を通じて父上が預かったというわけじゃ。近江の領内にはすばらしい職人がおるから同じものを作って献上するわけじゃ」

「どうじゃ。作れるな」

定頼が言った。国友善兵衛は何度も種子島を眺《なが》めたが、即答はできなかった。

「久政。これをしばらく預けるゆえ、すぐに製作にとりかかれ。次に城下に来るのは、それが出来上がってからじゃ。早く来たいと思えば、早く作れ。分かったな」

二人は、定頼の命令に平伏《へいふく》するしかなかった。このようなものを易々《やすやす》と作れるはずがない。どれほどの年月がかかるのかも分からない難題であった。それまで阿古は帰さぬということか。

「何とか早くできるようにやってみます」

そう善兵衛は誓ってくれた。

それからは京極氏が本格的に攻撃して来ることはなくなった。京極氏の本拠地坂田郡から見れば、北には浅井、南には六角がいることになる。下手《へた》に動けば南北から挟《はさ》み撃ちに合う。久政が六角氏に臣従したことで、つかの間の平安が訪れた。

秋が盛りになった頃、久政の元へ阿古の侍女から手紙が届けられた。手紙の内容は、阿古の近況を伝えるものであったが、その中に驚くことが書かれていた。

『まことにおめでたきことにございます。阿古様はご懐妊《かいにん》されています』

久政は、その手紙を読んで、はっとなった。そうだったのか。阿古はきっとうすうす気づいていたのかもしれない。しかし、みんなに心配をかけないように一人で決断し、一人で行ったたに違いない。久政はそう思った。

阿古は別れ際《ぎわ》に「また、今年のうちには来てくださいね」と言っていた。もしかすると子どもができたことを報告することになるかもしれないと思っていたのではないのだろうか。直ぐにでも飛んでいきたいと思った。しかし、種子島が出来上がるまでは行くことが許されない。あの時、なぜ行かせてしまったのか。これほど自分のことを気遣《きづか》ってくれた阿古の様子の変化にどうして気づいてやれなかったのか。久政は深く後悔した。


小雪がちらつく道中、久政は何度も何度もあの時のことを振り返った。しかし、時を戻すことはできない。

雪雲に覆《おお》われていた空だったが、雲の合い間から青空が見えるようになってきた。江北から江南に向かうと天候は一変していく。観音寺城に近い愛知《えち》川の上空は青空で、来た道を振り返り、北の空を見ると暗い雪雲かかかっている。久政はこちらが晴れていて良かったと心から思った。

「今年のうちに」鉄砲製作は間に合わなかった。しかし、それでもこんなに早く出来たのは、国友鍛冶の執念だったに違いない。半年ぶりに阿古に会える。もうお腹は大きくなっているだろう。そして、いろんなことを話したい。じっくり話を聞いて、一人で孤独に耐えてきた阿古の心の内に触れてみたい。この新兵器を見せればきっと六角定頼は満足するだろう。そして、阿古に会える。人質も帰してくれないだろうか。まずは、種子島の実演を成功させることだ。火縄《ひなわ》が湿《しめ》ってはならない。晴れていて本当に良かった。

小谷を早朝に出発したが観音寺城下に入った頃には、もう日が傾いていた。積雪のため馬の歩みがなかなか進まなかった。江南の人は雪道の困難さが分からない。こんな晴れの日に馬が走れないとは思ってもいない。遅くなった言い訳は理解されない。一行《いっこう》はみな疲れていたが、休む間もなく麓の六角屋敷へ急いだ。

屋敷に近づくと門番が駆け寄り、大きな声で怒鳴ってきた。

「遅いではござらんか。殿は長く待っておられるぞ。直ぐに届けてくだされ」

言われるままに広い庭に通された。庭は大広間の前に広がり、日頃、弓の稽古《けいこ》が行われている場所である。

「準備してここにお控えください」

ここで種子島の準備をして実演して見せよということらしい。国友鍛治たちは弓の的に向けて鉄砲を打てるように準備を始めた。しばらくすると準備が整った。その後、声がかかるまで広い庭の土間《どま》に控えて待った。

突然、屋敷の奥から赤ん坊の声が聞こえてきた。久政は声のする方に聞き耳を立てた。確かに赤ん坊の元気な泣き声である。阿古は出産までもうふた月ほどはあるはずだ。そう思っていると泣き声と老人があやす声が重なった。笑い声もする。老人は六角定頼に違いない。ということは、この赤ん坊は定頼の孫、つまり六角義賢の子なのだろうと想像がついた。その後も赤子の泣き声はしばらく続いた。

六角屋敷は、観音寺山の南側にある。朝日が差し込み、昼間は日当たりがよい。しかし、西日《にしび》は山の陰になり、あまり差し込まない。もうすぐ庭先に陽《ひ》は届かなくなる。久政は弓の的に目をやった。まだ、射場《いば》には日が差し込んでいる。焦《あせ》る気持ちで待ち続けた。冬の外気《がいき》は寒く、日差しが傾き、屋敷の陰が広がると体に凍みた。指先が凍てついた。

「指を冷やさぬよう懐《ふところ》へ入れて暖めておいてくだされ」

久政は、これから種子島の実演をする国友次郎介《じろすけ》に声をかけた。陰は徐々に広がり庭の中ほどまで迫ってきた。

その時、広間の障子《しょうじ》が開いた。部屋の奥には六角定頼と義賢がいた。

「久政」

「はっ」

「小谷は雪じゃそうな。田舎《いなか》は大変じゃのお」

もう高齢であったが、定頼の声にはまだまだ張りがあった。

「はっ。遅くなりまして申し訳ございません」

久政たちは、庭に平伏した。

「いつ出来るのかと待っておったが、やっとできたか。将軍家も長くお待ちじゃ。献上するに値するものが出来たんじゃろうな」

「はい。国友の者たちが昼夜も問わず働いて作り上げました。どうぞご覧ください」

久政は箱の中から二丁《ちょう》の種子島を取りだした。

「こちらが将軍家御拝領《ごはいりょう》のもの。そして、こちらが国友で製造したものでございます」

そう言うと久政は、六角の家臣に順番に手渡した。それを受け取った定頼は、その二丁の種子島をじっくり見比べた。そして、義賢にも手渡した。

「たしかに寸分違《すんぶんたが》わぬ出来映《できば》えじゃな。のう義賢」

「はい。たしかに見た目には分からぬほど精巧な作りでございます」

義賢は何度も二丁を見比べながらそう言うと、さらに続けた。

「しかし、これが本当に使えるのかどうかが肝要《かんよう》。さあ、試してみよ」

庭の射場はもう日陰になっていた。数十間《けん》先の弓の的にも陽が当たっていない。やや見づらくなってしまった。しかし、まだ陽が落ちたわけではない。空はまだ十分明るい。きっとやってくれるに違いない。そう祈るしかない。

国友次郎介は種子島を手に立ち上がり、的の正面に立った。そこでひざまずき、打つ準備を始めた。鉄筒《てつづつ》の先から鉄の玉と火薬を入れ、棒を差し込んだ。火蓋《ひぶた》を開いて火薬を加え閉じた。次に、火縄《ひなわ》を取りつけようとしたが、縄の先が小刻みに震えて少し手間《てま》取った。次郎介は、冷《ひ》えた指先を火種にかざして少し温めた。そして、気持ちを落ち着けるように、ゆっくり立ち上がり、火蓋を開いた。両腕で構え、的をじっくり狙った。

ブァーン
凄《すさ》まじい轟音《ごうおん》が鳴り響いた。久政は、大きな音に驚いたが、直ぐに的を凝視《ぎょうし》した。当たったのか。

しかし、的には何の変化もなかった。

「わっははは。すごい武器だと聞いていたが、当たらんではないか」

義賢が声を上げて笑っている。咄嗟《とっさ》に久政は言った。

「恐れながら、この種子島は製造したばかりでまだ使い慣れておりません。また、今日はもう的が見にくく、今一度」

そう言いかけたところ、義賢が庭へ飛び降りてきた。

「いやいや、この程度の距離ならば、暗闇《くらやみ》でも当たるぞ」

そう言うと、義賢は射場に立った。

「弓を持て」

小姓が弓と矢を持ってきた。身の丈《たけ》を超えるほどの大弓である。それを受け取ると、その場に片膝《かたひざ》を着き、流れるような動作で左腕を衣から出し、袖《そで》を整え、大弓を左手に持ち替え、矢をつがえた。立ち上がり、大きく足を広げ、左手を斜め前方に押し出し、大弓を引き絞《しぼ》った。

「やあああ」

腹に響く気合いとともに、ひゅんという空気を裂《さ》く音が聞こえた。日置《へき》流弓術である。

矢は的のど真ん中を射貫《いぬ》いていた。

「どうじゃ。そのような種子島などという武器は役に立つのか。鍛錬《たんれん》し究極の技を身につけた武士にそのような物が敵《かな》うわけがない。父上、私はそう思います」

幾十代にも受け継がれる日置流伝承者となる六角義賢の弓は、確かに出来て間もない鉄砲を遙かに凌《しの》ぐ技量を備えていた。悠々と大弓を小姓に渡すと、膝《ひざ》に付いた砂を払って座敷に上がった。

しかし、このままでは、種子島を献上できない。久政は必死に言上《ごんじょう》した。

「今一度、今一度だけでもご覧ください。国友村の鍛冶たちが半年かかってやっと作った物です。どうか今一度だけ、お願い申し上げます」

少し考えていた定頼であったが、

「そうか。ところで久政。子ができたと聞いたが、もう生まれたのか」

「いいえ、いいえ。まだでございます」

「そうか。まだ男か女かもわからんの。もし男の子ならば、わが孫の良き家臣になるのお。義賢よ」

定頼は、息子に同意を求めた。

「そうでございますな。先日生まれた我が子とは同《おな》い年《どし》ということになります」

「久政。ちょうどここで生まれてよかったではないか。生まれた時から孫の家来《けらい》じゃ。のう、どうじゃ」

久政は、一瞬躊躇《とまど》ったが、すぐに思い直して答えた。

「ありがたき幸せにございます」

「よし。では、もう一度だけ、やってみよ」

定頼が射的《しゃてき》の許可を与えた。

再び、国友次郎介は準備を始めた。

「気持ちを落ち着けて集中せよ。よいか。もう次はないぞ」

国友善兵衛が次郎介に近づき小声で忠告した。次郎介は落ち着いて返事をした。

「松明《たいまつ》をお貸しください」

久政は庭に置かれた松明を借り、火種で火を付けた。火が灯ると、射場の明るさが増した。

「手を暖めよ」

久政が声をかけると、次郎介は、それまで擦《こす》っていた両手を火にかざし、少しの間、暖めた。

「やります」

決意をして次郎介は射場に立った。その様子を見ていた久政は、先ほどよりも気合いが充実していると感じた。これはきっと大丈夫だ、そう信じたかった。

次郎介は、これまでに何度も何度も繰り返してきた動作で準備をし、じっくりと構えて的を狙った。どうか当たってくれ、と久政は祈る思いで次郎介の手元《てもと》をじっと見た。人差し指が、動いた。

ファーシィ
いつもの音とは違う鈍い音がした。玉は飛んでいない。久政には何が起きたのか分からなかった。何か異常が起きたようである。次郎介は、慌てて鉄砲を確かめている。そして、鉄砲の根元を見て、落胆の表情を浮かべ首《こうべ》を垂れた。

「どうしたのじゃ」

義賢が縁《えん》まで出てきた。

「申し訳ございません。火薬が暴発し、根元が割れてしまいました」

次郎介が両手で鉄砲を差し出すと、その根元が割れている。義賢は、小姓に指示をして鉄砲を受け取らせた。手元で見ると、確かに壊れている。

奥にいた定頼も立ち上がり、近づいてきた。

「なんじゃ、これは」

定頼の低い声が響いた。

「このように直ぐに壊れてしまう物を持ってきたのか。こんな物を将軍家に献上させようとしていたのか」

広間は凍りついた。土間の者たちは誰もがその場で平伏し、額《ひたい》を土に擦りつけた。しかし、定頼の声は益々怒りに満ちてきた。

「帰れ。直ぐに帰ってやり直せ。もっとしっかりした物を作ってこい。北近江の鍛冶は優秀だと聞いておったが、なんじゃこれは。こんな物しか作れんのか。できるまで来るな。分かったか。久政、おまえの嫁にも会うことはならん。帰れ、今すぐ帰れ」

そう言い残すと、定頼は奥へ行ってしまった。義賢も後に続いた。

慌てた久政は、土をつけた額を上げて義賢を呼び止めようとした。

「お待ちを。何とぞ、お待ちを」

久政の必死の叫びに、義賢は立ち止まり、振り向いた。

「久政。そのような我楽多《がらくた》を作っておるようでは、いつまでたっても嫁にも子にも会えんぞ。まあ、ここは将軍様でも住みたいとおっしゃるほど安全な町じゃ。おぬしの嫁と子は人質としてちゃんと預かっておくゆえ。早《はよ》う作ってこい」

そう言うと、義賢も奥へ消えた。

「御屋形様。何とぞ」

しかし、久政の声は空しく響くだけであった。

鉄砲の銃身《じゅうしん》となる鉄筒は、鉄板を精巧に丸めて作った物であった。火薬が爆発する勢いで鉄の玉を飛ばす時、その衝撃で鉄筒の根元をふたしているところに大きな衝撃がかかる。

どうしてもその尾栓《びせん》が壊れやすい。何十回か何百回に一度、火薬の暴発する勢いで割れることがある。尾栓ネジが開発されるまでどうしてもそういうことは起こってしまった。

不運にもその一回がこの時であった。

しばらくその場に伏せていたが、帰るしかなかった。辺りはもう暗く、松明の火だけが明るさを増していた。今日は何があっても会いに行かなければならないと思って来た。しかし、どんなに会いたくとも、会いに行くわけにはいかなくなってしまった。浅井を守るため、領民を守るためには。

帰り道で国友次郎介は何度も何度も謝《あやま》った。善兵衛は弟子《でし》の失敗を初めは厳しく叱《しか》りつけた。しかし、国友鍛冶たちがこの半年の間に誠心誠意取り組んできたことを誰もが知っていた。うな垂《だ》れる次郎介に、次こそ完璧《かんぺき》にするんだと励ますしかなくなった。

久政には、この職人たちを叱責《しっせき》することはできなかった。一生懸命に取り組んだ結果であった。思いもよらぬ事態であった。ただ、運が悪かった。そう思うしかなかった。それでも、阿古の気持ちを想像すれば、今日は何としても会いに行きたかった。そう思えば思うほど心は捻《ねじ》れた。観音寺城下から離れていくにつれて、職人たちにかける言葉を失った。

沈黙の一行は、誰もが足元ばかりを見て歩いた。久政も首《こうべ》を垂れ、ただ馬を進めた。うつむいてばかりいては職人たちが益々《ますます》気落ちすると思い、時々重い首を上げた。先頭を行く者の松明の灯りで、闇夜から舞い落ちる小雪が見える。深夜の空気は冷たく、心の底まで凍りついた。

小谷に戻った久政は近江の各地にある神社仏閣に病魔退散《びょうまたいさん》の祈禱《きとう》をさせた。阿古と生まれ来る子どもの無事を祈って。

そして、阿古は無事に元気な男の子を産んだ。心細さに涙する日もあったが、赤ん坊の顔を見ると心が和《なご》んだ。父久政の幼名《ようみょう》と同じ、猿夜叉と名付けられた。

猿夜叉が生まれた翌年、天文十五(一五四六)年、十二代将軍足利義晴《あしかがよしはる》は、管領細川晴《はる》元《もと》の重臣、三好長慶《みよしながよし》に攻められ、近江坂本に避難。ここで、管領代に任命された六角定頼が烏帽子《えぼし》親となり元服した子、義輝《よしてる》に将軍職を譲った。将軍の烏帽子親を足利一族以外が務めることは異例のことであった。六角氏は、近江一国、京、伊勢にまで勢力を伸ばし、絶頂期を迎えていた。

三章　人質

「猿夜叉。あまり遠くへ行ってはいけませんよ」

幼い子どもが、家から駆け出してきた。その後を長い棒を持った従者が小走りに追っていった。

「いってらっしゃい。気をつけて」

家から出てきた阿古が、二人の行く先を心配そうに見守っている。

「母上。今日は柿《かき》を取ってまいります」

振り返った猿夜叉は母に声をかけると、またすぐに駆けだした。

阿古が観音寺城下の小野に住むようになってもう六年目になる。小野の方と呼ばれ、城下の人々にも知られるようになっていた。五歳になった猿夜叉は元気に育っていた。人質暮らしで不自由なことも多かったが、六角氏の勢力は近江だけでなく周辺の国々にも及び、城下では戦に怯《おび》えることなく、ある程度安心して暮らすことができた。わんぱく盛りの男の子が家の周りへ遊びに行くこともできた。

家から二筋行った所に柿の木がある。秋が深まるにつれて橙《だいだい》色の柿が実ってきていた。猿夜叉はそこまで駆けてくると、高いところに実っている柿を見上げた。五歳の子どもにはとても手が届く高さではない。

「かして」

猿夜叉は従者が持ってきた細長い竹の棒を借りると、竹の先に柿を引っ掛けようとした。しかし、まだ体も小さく手も小さくて上手く竹を扱えない。竹の先には切れ目が付けてあり、柿の枝を引っ掛けて実が採れるようになっている。何度もやってみたが、なかなか引っかからない。側で見ていた従者が手を貸そうとするが、「やる」と言って自分で取ろうとする。何度かやるうちに上手く引っかかった。さらに引っ張ると、実が取れた。

「おお、採《と》れましたぞ、採れましたぞ」

じれったげに見ていた従者も喜んだ。猿夜叉は従者とともに竹先をたぐり寄せ、引っかかった柿を手で取った。縦長の形の柿は持ちやすそうであるが、子どもの手には余る大きさである。両掌《てのひら》でやっと持った猿夜叉は喜んだ。そして、それを従者に差し出した。

「持ってて」

柿を手渡すと、また竹を持ってもう一つ取ろうと木に伸ばした。しかし、なかなか二つ目は引っかからない。

その様子を少し離れた所で見ている子どもがいた。じっと黙ったまま、猿夜叉が竹の棒で柿を取ろうとする様子を見ている。年の頃は猿夜叉と同じくらいであるが、よい服を着ている。表情を変えずにじっと見ている。やっと竹先に柿が掛かった。猿夜叉が竹をたぐり寄せて柿を取ろうとすると、その子どもが突然駆け寄ってきた。二人の武士も子どもの後ろから追いかけるように駆け寄ってきた。猿夜叉が柿を竹先から取ると、その子どもは何も言わずに竹の棒を取り上げ、自分も竹を持ち上げて柿の実を取ろうとし始めた。

突然のことで慌てた猿夜叉の手から柿の実が落ち、地面を転がった。従者は猿夜叉に近づき、二人の武士から猿夜叉を守ろうとした。しかし、武士たちは竹先を操《あやつ》ろうと必死に柿の木を見上げる子どもだけに注目し、猿夜叉と従者のことは気にもかけていなかった。

「どうしたん」

猿夜叉が小さな声で尋《たず》ねた。

しかし、返事はなく、子どもはただ竹の先で柿をつつくだけであった。しばらくの間、それを繰り返していた子どもであったが、柿はうまく引っ掛からなかった。突然、

「何やこれ」

と言い、竹の先を柿の木の幹《みき》に打ち付けた。それを何度か繰り返すと竹の先が割れてしまっ

た。

バキ、バキ、バキ

音が出るのを楽しむように繰り返し打ち付けたが、急にやめて竹を地面に捨てた。

猿夜叉も従者も、二人の立派な武士が見守っているので、突然起こった出来事に何も言うことができずに立っていた。

その子どもは、地面に転がっていた橙色の柿に気づくと、それを拾い上げた。

「これは柿というものだ。知っているか」

子どもが猿夜叉の方に手を伸ばして訊いてきた。

「それ、僕の」

猿夜叉は答えた。

「知らないのか。これは柿というものだぞ」

そう言ったかと思うと、その柿を畑に捨てた。そして、走って行ってしまった。

「亀松丸様」

武士たちもその子の名を呼びながら、追いかけていった。

突然の惨事《さんじ》に言葉をなくしていた従者は、竹の棒を拾った。

「あーあ、こりゃもうだめや」

先がバラバラになった竹を見ながら、従者は畑に入り、落ちた柿を拾った。

二人はとぼとぼと家に戻った。

猿夜叉は母に二つの柿を差し出した。

「二つしか採れませんでした」

元気なく、一つずつ手渡した。二つ目の柿は傷がついていた。

「どうかしたのですか」

様子の変化が気になって阿古が従者に尋ねた。従者は、この僅《わず》かな間に起こった出来事を説明した。

「たしか亀松丸様と言ってました」

立派な武士が、付き添う子どもの名をそう呼んでいたと阿古に告げた。

「えっ、亀松丸様といえば、六角様のご子息のはず。どうしてこんな城下に」

阿古は少し考えたが、見当も付かなかった。

ドン
何か鈍い音がした。従者が側で倒れた。

「与左衛門《よざえもん》。手荒なことはするな」

目の前に見知らぬ二人の男がいた。その一人は倒れた従者を抱え、後ろ手にして縄で縛《しば》り始めた。もう一人の男は阿古と猿夜叉に向かって静かだが厳しい口調で話しかけた。

「騒がないで。殿の命《めい》で助けに参った」

そう言うと、その男は阿古の顔をじっと見た。

「阿古様。お久しぶりです。覚えてませんか。餅《もち》の井《ゆ》で堰《せき》を壊した少年のこと」

目の前の男は、髭面《ひげづら》で笑いかけた。阿古は十年近く前の出来事を鮮明に覚えていた。あの水争いのときに餅の井堰の中央で斧《おの》を振り回して堰を切った少年の姿も。その顔が、目の前にいる青年の顔と重なった。

「あ、あの時の」

青年はニコッと笑って言った。

「遠藤喜右衛門《きえもん》でございます。殿の命でお二人を助けに参りました。詳しいことは後ほど説明します。すぐにここを出立《しゅったつ》します。あの長持ちの中にお入りください」

喜右衛門は、猿夜叉にも近づき声をかけた。

「猿夜叉様。父上に会いたいでしょう。参りますぞ。何か持って行く物はございませんか」

猿夜叉は、母の様子から感じ取ったのか、初対面の男に臆《おく》することはなかった。少し考えると答えた。

「柿を。父と母に」

柿の実が二つ置いているのに気づいた喜右衛門は、二つを片手で拾い上げた。

「わかりました。持って行きましょう。では、この中に入ってください」

喜右衛門は猿夜叉を抱え、長持ちの中に入れた。

「これを大事に持っていてください。何があっても声を出してはいけませんぞ。声を出さなければ、きっと父上にも母上にもお渡しできます。よろしいな」

そう言うと、二つの柿を、中に入っている猿夜叉に手渡した。

「はい」

猿夜叉は、はっきり返事した。長持ちの蓋《ふた》が閉まると中は暗くなった。わずかに声や音が聞こえるだけになった。

「誰にも気づかれないうちにすぐ出ます。さあ」

柿を渡してくれたおじさんの声が聞こえて間もなく、体が浮き、運ばれていくことが分かった。ふわふわとした感じだった。家を出た辺りからゴロゴロという音が聞こえるようになった。車のような物に乗せられたのかと思った。外を見たかったが、蓋を開けたら駄《だ》目《め》だと思った。父と関係があるらしい。母の様子がいつもとは違っていた。よく分からないけれど、とても大切なことが起こっているように感じていた。ただ、あのおじさんを見た時、母は喜んでいたように思えた。

しばらくすると外で声が聞こえた。

「亀松丸様。もう帰りますぞ」

「いやだ」

さっきの子どもが柿の木の所に来ているんだなと思った。

その後、ゴロゴロという音がずっと続いた。長く続いた。いつの間にか眠っていた。

おじさんの声で起きた。長持ちから出て立ち上がると、周りは山だった。どっちを見ても山ばかりが見えた。山の緑は本当に美しく、紅葉し始めた木々の黄色や赤は色鮮やかで、こんなきれいな自然があるんだと思った。心がなぜか躍《おど》った。こんな景色は初めてだった。

隣に母も立っていた。驚いたような表情をしていた。

「こ、ここはどこですか」

「はい。河内《かわち》というところでございます」

おじさんが、頭を低くして答えた。母の表情が急に険《けわ》しくなった。今までに見たことのない母の姿だった。

「どういうことか、教えてください」

母は、きっぱりと言った。

その後ろには、観音寺の家にいたもう一人の男が、行商人風の男たちに話しかけていた。

おじさんは頭を下げたまま何も答えない。もう一度視線を戻した瞬間に、男たちはそこにいなかった。猿夜叉には男たちが消えたかのように見えた。

小谷にいた久政のもとに観音寺から早馬が駆けつけた。「至急、観音寺に来い」とのことであった。久政は僅《わず》かな供《とも》の者と馬に乗り、観音寺城に急いだ。何が起きたのかは分からなかった。阿古と猿夜叉の身に何もなければよいが、と思いながら馬を駆《か》った。

城下はいつにも増して厳重な警戒がされていた。屋形に着くと、門番たちが近づいて来た。久政と供の者たちは引き離され、久政だけが屋敷に通された。屋形の中も警戒が厳しかった。各所に侍が控えていた。そこを通り座敷に通された。そこには、六角義賢と後藤賢豊《かたとよ》がいた。

「おお、参ったか。よくぞ参ったな」

久政が姿を現すと、義賢は言った。来たことに何か意味があるかのような口ぶりに聞こえた。久政は、平伏し挨拶をした。

「よくぞ、参った」

義賢は繰り返した。

「いかがなされました。御屋形様」

久政は、不安な気持ちで尋ねた。六角定頼はこの頃高齢のため表に出ることは少なくなっていた。すでに六角家は義賢が代を受け継ぎ、主な政務は重臣の後藤賢豊に取り仕切らせていた。

「賢豊。説明してやれ」

義賢が言うと、側にいた後藤が話し始めた。

「先日、観音寺城下においてそちの妻子が何者かによって連れ去られた。今、調べておるところであるが、そちは何か心当たりはないか」

久政は、突然のことに啞然《あぜん》となった。

「いえ、いえ、ございませんが、それはどういうことでございますか」

「やはり知らぬか」

後藤は義賢と目を合わせた。

「そうか。まあ、知っていればここには来られんわな」

義賢がそう言った。久政は後藤に詰め寄った。

「後藤殿。これはどういうことでござるか。しっかり説明してくだされ」

後藤は説明し始めた。

「一昨日の昼前、出かけていた下女《げじょ》が小野の家に戻ると、下人《げにん》が柱に縛《しば》り付けられているのを見つけた。その下人が申すには何者かに襲われ、倒れている間に二人が連れ去られたということじゃ。調べてみると、丁度その時刻に車で大きな荷物を運ぶ行商人たちを見た者がおる。その一行は北に向かっていったということじゃ」

「北にでござるか。北のどこに」

久政は尋ねた。

「いや、それ以上は分からん。しかし、北に向かったということは、よもや我らを謀《たばか》ってそちが連れ去ったということはなかろうな」

賢豊は表情を変えることなく久政をじっと見た。疑われてここに呼び出されたことを悟《さと》った久政は慌てて答えた。

「いやいや、そのようなことはございません」

「ならば、何か思い当たることはないか」

賢豊の詰問《きつもん》に久政はしばらくじっと考えた。このようなことをするとしたら、ふと思い当たることがあった。

「もし、このようなことをする者があるとしたら、京極様か」

久政が呟《つぶや》いた。

「何、京極やと。もしそうならば、許すわけにはいかんな」

義賢が、その呟きに反応した。

「賢豊。直ぐに甲賀者《こうかもの》に調べさせよ。もしそうならば、観音寺に手出しをすればどのようなことになるか、見せつけてやらねばならん」

義賢は自らの本拠地が侵入者に荒らされたことにかなり苛立《いらだ》っているようであった。その言葉を聞いた久政は慌てた。

「いや。攻撃だけはお待ちください。そのようなことをすれば、妻子がどのようなことになるか分かりません」

久政は、義賢をなだめようとした。

「いいや。六角の居城で人質を盗むとは断じて許《ゆる》し難《がた》い。六角の力を知らしめてやるのじゃ」

義賢は引き下がろうとしなかった。いつもの久政ならば、御屋形の言葉に忍従していたであろう。しかし、この時ばかりは違っていた。

「御屋形様。攻撃だけはおやめください。六年前、拙者《せっしゃ》が妻をお預けした時に何とおっしゃったか、覚えておられますか。おぬしの嫁と子は人質としてちゃんと預かっておくとおっしゃったのです。だから、妻子をお預け致しました。妻子が生きていれば、われら浅井は御屋形様のために働き申す。しかし、戦になれば妻子の命はどうなるか。もし命にかかわるようなことにでもなれば、我ら浅井は」

　ここまで言うと、言葉を詰まらせた。続ける言葉を失った久政は、急に畳《たたみ》に伏せた。畳に額《ひたい》を擦《こす》りつけるように深くお辞儀をした。そして、顔を上げて続けた。

「どうか、ここは何とか、われら浅井にお任せいただけませんか。どうか、どうかお願い申し上げます。今すぐ京極へ攻め込むことはできませんが、必ず人質を助け出し、我ら浅井の手で必ず京極様を倒してみせます。それまで、どうか、どうかわれらにお任せくださ い」

　珍しく強い口調で懇願《こんがん》する久政に、義賢は気圧された。その様子を見た後藤が横から声をかけた。

「まあ、まだ京極の仕業《しわざ》と決まったものでもございません。今一度私の方でも調べてみますが、ここは浅井殿にお任せしてもよいのではないかと。もう少しいろいろなことが分かってきた上で、御屋形様がご決定なさってもよいのではございませんか」

「んん。そうか」

　義賢は頷《うなず》きながら考えているようであった。久政は、畳に額をつけて再度お願いをした。

「ならば、久政。この度のことはそちに任せるが、調べて分かったことがあれば必ず知らせを送ってこい。京極がどのように動こうとしているのかを必ず知らせるのじゃ。よいな」

義賢がそう言うのを聞いた久政は、改めて平伏した。

「ははっ、分かりましてございます。必ず御屋形様のお役に立ちます」

そう言うと、久政は平伏したまま後退《あとずさ》りして言った。

「妻子が心配でございます。すぐに調べますゆえ、これにて」

そして、部屋を出た。廊下を通って屋形を後《あと》にしようとする時、声を掛ける者がいた。素知らぬ顔で通り過ぎた。その様子に気づいた供《とも》の者たちが控《ひか》えの間から後を追って来た。そのまま馬屋へ行き、すぐに出発した。闇の中を、数人が一団となってただひたすら駆《か》けた。時々不安になり、振り返って見たが、夜の闇《やみ》だけで人の気配はなかった。


久政が部屋を出た後、しばらく経った。

「賢豊。久政は帰ったか」

六角義賢が後藤賢豊に低い声で訊いた。

「はい。慌てて帰っていったようでございます」

部屋の外の様子を覗《うかが》っていた後藤は、義賢の前に戻ると、かすかな含み笑いを浮かべて返事した。

「そうか。しかし、久政のやつ、珍しく怒っておったの。一瞬、凄《すご》みかけよったぞ」

義賢も笑いをこらえて口元をゆがめながら賢豊の顔を覗《のぞ》き込んだ。

「はい。あの久政が御屋形様に食って掛かるのか、と思いましたが、それもほんの一瞬でしたな。すぐに額《ひたい》を畳に擦《こす》り付けてお願いしておりました」

「わっはっはは。そうじゃったのお。だから、儂が言ったじゃろう。あいつには儂に反抗するような意気地《いくじ》はない」

義賢は自分が想定した通りに事が進んで、ご満悦のようであった。

「さすが御屋形様。人質を失ったからと言って、ここで久政を捕まえ亡き者にするよりも、我らに従順な久政を生かしておいた方が得でございます。これでしばらくの間は久政が京極の動きを監視し、我らに動向を知らせてくるでしょう」

「そうじゃな。とにかく今は、都で三好との決着を付ける方が先決じゃ。北近江の田舎《いなか》に兵を回す余裕などないわ。しばらくの間、久政にやりたいようにやらせておけばよい」

義賢の投げやりな口調には、京での将軍家や管領家と三好長慶《みよしながよし》との抗争に巻き込まれ、なかなか解決がつけられない苛立ちがうかがえた。この頃、三好氏は四国阿波《あわ》・讃岐《さぬき》を本拠地に畿内一円《きないいちえん》に勢力を拡大し、幕府をしのぐ勢力となっていた。追放された足利将軍は近江の実力者六角氏を頼り、三好と対抗した。そして、その対立はすでに数年間に及んでいた。それさえなければ、京極氏のような一時は完全に滅びたような一族をのさばらせておくことはない。しかし、今は京極へ大軍を送ることはできない。そこで、後藤と相談した上で、久政を観音寺城に呼びつけたのであった。

「さようでございますな。今の京極には大《たい》した力はございません」

「そうじゃ。とにかく今は三好じゃ。将軍家に歯向かう三好を討伐《とうばつ》することが最大の目標じゃ。その大義のためには、京極などどうでもよいのじゃ。とにかく早く三好と決着を付けることじゃ。その上で京極の息の根は必ず止めてやる。わが城下に手を出せばどのようなことになるか思い知らせてやる」

義賢は京極の話をすると苛立った。その様子を見て後藤は話を挟《はさ》んだ。

「はい、御屋形様が本気になればそんなことはたやすいことでございます。それに、あの久政も本気で京極に付くような阿保ではございませんし、御屋形様に逆らう度胸もございません。しばらくの間、久政に時間稼ぎをさせて、頃合いを見て御屋形様の力を見せつければよいかと」

後藤の話を聞くうちに、義賢の表情も再び和《やわ》らいだ。

「そうじゃ、そうじゃ。はっはっははは」

義賢の笑い声が部屋の外にも響いた。

小谷《おだに》に戻ってから久政は密かに京極高広の周辺を探らせた。しかし、阿古と猿夜叉に関する情報は何も得られなかった。焦る気持ちになったが、どうすることもできず半月余りが過ぎてしまった。この出来事に京極殿が関わっているのかどうか、浅井や六角を取り巻く他の勢力が関わっている可能性はないかと考え始めていた。

その頃、小谷に一人の人物が訪ねてきた。夜、誰にも見られないように密かにやって来たその人物は、番人にその名を告げて目通《めどお》りの許可を願った。その名は、久政が観音寺で話を聞いて以来、もしかするとこの出来事に関わっているかもしれないと思ってきた人物であった。懐かしさもあったが、名前を聞いた途端に、ついにこの日が来たかと身構《みがま》える思いにもなった。

座敷に現れた男は、あの頃からは変わっていた。髭を生やしたからだけではない。体格が大きくがっしりしただけでもない。十年の歳月を経て、男の顔になっていた。様々な苦労があったに違いないと想像できた。

「喜右衛門。成長したな」

久政は声をかけた。目の前に正座した喜右衛門はしばらくじっと久政を見ていた。そして、話し始めようとした時、その大きな目から一筋《ひとすじ》の涙が流れた。

「久政様こそ、本当の大人になられましたな。この十年、ほんまに、ほんまにご苦労様でございました」

喜右衛門は溢れる思いを抑えられないようであった。久政は、直接顔を見るまでは、喜右衛門がどんなに恐ろしい武将になって自分の前に現れるのかと身構える思いもあった。しかし、その表情には少年の頃の面影《おもかげ》が溢れ出ていた。ともに遊び学んだ昔に一瞬で戻ったような気持ちになった。昔の友は、きっとこの十年間も自分のことを心配してくれていたのだろう。苦労ばかりが続いた浅井家と自分のことを思い続けてくれていたに違いない。そう思うと、胸が熱くなった。

喜右衛門は溢れた涙を拭《ぬぐ》って話を続けた。

「この度のことは、きっと久政様も気づいておられると思いますが、京極様の命で儂《わし》らがやったことでございます。まことにご心配をおかけし、申し訳ございませんでした。阿古様も猿夜叉様も河内で元気にお過ごしいただいております」

久政は、妻子を奪われたことに憤《いきどお》りを感じつつも、喜右衛門の口から二人が無事であることを聞き、少し安心する思いにもなった。しかも、匿《かくま》われている場所が河内であると言う。道理で京極高広様の周辺を探らせても分からなかったはずだ。河内ということは、弟の高慶《たかよし》様の方か。それならば、まだ安心できるかもしれない、と思った。京極兄弟はこの頃は手を結んでいたが、もともと兄弟で跡目《あとめ》争いを続けてきた。兄が京極高広《たかひろ》、弟が高慶である。兄高広の方が好戦的で、たびたび浅井領へ侵攻してきた。弟高慶は坂田郡河内城に本拠を置いていた。周囲を山に囲まれた、美濃との国境に近い所で、他者の侵入を許さぬ要害の地である。そこに匿うということは、きっと二人は無事に違いない。そう思った。

喜右衛門はその後、事の顚末《てんまつ》を詳しく話した。その中で京極兄弟の狙いについても触れた。坂田郡を本拠にする京極氏は、南は六角、北は浅井の南北から挟まれ、身動きができない状況にあった。しかし、京での三好との争いのため六角軍が近江を空《から》にすると京極高広は動き出した。まず京極は、六角領との境目《さかいめ》にある坂田郡南部の地域を奪還《だっかん》しようと考えていた。そのために浅井を味方にしたい。六角に臣従《しんじゅう》している浅井の人質を奪えば京極に手出しはできないだろう。もし浅井が京極とともに六角と戦うならば人質を帰してやろうというのである。

話を聞いて、久政は悩んだ。京極に味方すれば、阿古と猿夜叉は返してもらえるかもしれない。しかし、六角を敵に回すことになる。今の六角に対して京極・浅井は勝てるのかどうか。下手をすれば、この十年間の苦労は一瞬で水の泡となる。浅井家も江北の領民たちの暮らしもどん底に突き落とされることになるかもしれない。簡単に決断できることではない。

悩む久政の様子を見た喜右衛門は、話を進めた。

「今はまだ戦える時ではございません。まずは六角様にも京極様にもどちらにも敵対せず、二人を救い出す。その後も争うことなく人質も帰さなくてもよい。そういう策《さく》を考え出さなければなりません」

「そう、その通りや。そんな策があるのか」

久政は思わず声を上げた。喜右衛門は話を続けた。

「今すぐにはございません。しかし、もうしばらくすれば、高広様が六角に対して兵を挙げるでしょう。すべては、その後でございます。六角と京極の争いに巻き込まれずに二人を救う方法があるはずです。お二人は、今しばらくの間、責任をもって河内にてお預かり致します。今しばらくどうかご辛抱ください。それまで久政様は力を蓄えていただきますようお願い申し上げます」

久政は、喜右衛門が京極家に仕《つか》えつつも自分のことを考えてくれていたことを改めて知り、目頭《めがしら》が熱くなった。

「ああ、分かった。二人のこと、どうかよろしく頼む。必ず、必ず無事に返してくれよ。何かできることがあれば何でも言ってくれ」

久政は、深々と頭を下げ、喜右衛門の腕をとった。

「はい。命に代えて必ずお守りします」

喜右衛門は、久政の目をじっと見て答えた。その眼差《まなざ》しは昔と変わらぬまま真っ直ぐだった。

「それとお届け物を一つ持ってまいりました」

そう言うと、喜右衛門は懐《ふところ》から小さな紙の包みを出した。久政は、片手で持てるほどの包みを受け取ると中身を見た。そこには、干し柿が一つ包んであった。

「猿夜叉様が、観音寺の家からずっと大事に持ってきた物でございます。父上に会ったら渡すと言われていました。どうぞお受け取りください。では、あまり長居をするわけにはいきませんので。では、またきっと参ります」

それだけ言うと、喜右衛門は帰っていった。久政は、喜右衛門を見送った後、その干し柿をしばらくじっと見つめた。赤茶けた小さなこの食べ物を息子はどうして父に渡そうと思ったのか。幼子《おさなご》の真心《まごころ》、阿古の思いやりを想像すると何もしてやれない自分の存在を消してしまいたい思いにもなった。そして、一口かじった。それは甘かった。久政は一緒に暮らしてやることができない我が子のことを思って、またかじった。種が口に障《さわ》った。けれども種は出さなかった。がりがりと噛《か》んだ。そして、またかじった。種も実も、最後はへたもかじった。がりがりと音を立てて、全部食《く》った。口の中が痛くなったが、それでも食った。

四章　境目

一の砦　鎌刃城主堀家

予想通り京極高広は挙兵《きょへい》の機会をうかがっていた。そして好機が訪れる。

天文十九（一五五〇）年、京周辺では戦《いくさ》が続いていた。初めて鉄砲が実践で使用され三好軍で死者が出たと『言継卿記《ことつぐきょうき》』に記している。その三好軍と戦う将軍家・管領家を支援するため六角はたびたび都に出兵した。近江に六角軍がいない隙《すき》が生まれた。その好機に京極高広は兵を挙げた。十一月、犬上《いぬかみ》郡に攻め入り放火したが、六角の有力家臣である多賀氏に侵攻を阻《はば》まれた。

その後京極の狙いは、六角との「境目《さかいめ》」の城を味方に引き込み、江北の覇権を取り戻すこととなった。坂田郡南部から犬上郡にかけての地域は、古来、江北と江南の境目にあたり、北の京極・浅井と南の六角との勢力争いの中で揺《ゆ》れ動いてきた。

翌年十月、高広は、この地域の城主たちに書状を出し、味方になるよう揺さぶりをかけた。

京極氏の本拠地は近江の最も東に位置している。美濃との国境《くにざかい》、東山道《とうさんどう》沿いの柏原《かしわばら》に居《きょ》館《かん》を構え、その北側にそびえる伊吹山の麓に上平寺《じょうへいじ》城、南の霊仙《りょうぜん》の麓に河内《かわち》城、その間に長比《たけくらべ》城を建設し、国境の守りとした。そこから東山道沿いに坂田郡を西南に進むと、鎌刃《かまは》城の堀氏、菖蒲嶽《しょうぶだけ》城の今井氏、そして佐和山《さわやま》城の百々《どど》氏が地域を治めていた。彼らはもともとは京極氏の被官《ひかん》であったが、京極氏や浅井氏の力が衰えるとともに六角氏の支配下に属していた。

しかし、京極高広の書状を受け取った城主たちは、京極氏か六角氏か、どちらに従うべきか難しい選択を迫られていた。六角軍が京から戻って来れば、近江には六角に対抗できる勢力はない。これまで何度も六角の大軍に北近江は敗れてきた。一時は江北をまとめた浅井亮政《すけまさ》でさえ勝てなかった。だから六角に逆らうべきではない。しかし、現在、六角の大軍は近江にいないのである。京極軍が自領に迫るのが早いのか、それとも、六角軍が京から戻るのが早いのか。どちらに付くかを曖昧《あいまい》にしてやり過ごせるのか、それとも、どちらかへの味方をはっきり打ち出した方が得策なのか。境目に住む城主とその家来たちは、この状況をどう乗り切ればよいのか、情報収集に追われつつ、頭を抱《かか》えて悩んでいた。

阿古は、裏山と堀に囲まれた住まいの庭先から、毎日見る風景を見上げていた。河内城下で見る色鮮やかな紅葉を見るのも二度目になった。観音寺城下から連れ去られ、すでに季節はひと回りした。ここでの暮らしは、観音寺の街のような華やかさは微塵《みじん》もなかった。天下の管領代となった六角定頼は、史上初の楽市《らくいち》を実施して城下を発展させた。近江や近隣の国々はおろか異国《いこく》の人々までやって来る観音寺城下は、開かれた街であった。しかし、ここは人の侵入を許さない山間の村で、奥深い小さな谷に人々は密《ひそ》かに暮らしていた。

この一年、阿古たちはこの谷間《たにあい》の村から一度も出ることは許されなかった。外界《げかい》との接触はほとんど断《た》たれていた。浅井家や夫《おっと》の近況を知ることはできなかった。喜右衛門は、日頃の生活については親切に面倒を見てくれた。しかし、今の江北をとりまく情勢については教えてくれなかった。ただ、いつも久政が二人のことを気にかけていると言っていた。

「やあああ」

こんな中でも子どもは元気に成長した。毎日、猿夜叉が槍や剣の稽古《けいこ》、字の手習いをする姿を見て暮らしていた。七歳の息子は、手作りの槍を気合を込めて突き、字も書けるようになっていた。わが子の成長だけが生きがいであった。

「若様、真っ直ぐに。もっと体を大きく使って」

出会える人は限られていた。喜右衛門はたびたび様子を見に来て、猿夜叉の指南役《しなんやく》を務めた。時には若い頃に父親の久政とともに学んだ思い出話や、領主としての心構えなどについても教えてくれた。猿夜叉の成長を心から喜んでいるようであった。

喜右衛門が「与左衛門」と呼んでいた男は、喜右衛門の義理の弟である。田那部《たなべ》与左衛門は家来の者とともに交代で、常に阿古や猿夜叉を見守っていた。監視していたのかもしれない。身の回りのことは、与左衛門の妻つまり喜右衛門の妹らがしてくれた。

「お方《かた》様、若様。お昼の用意ができましたよ」

呼ばれた二人は家に入っていった。その後を追おうとした喜右衛門が人の気配《けはい》を感じ振り返った。山道《さんどう》を数人の男たちが登って来る。先頭の男はすぐに与左衛門と分かった。動きが俊敏で無駄がない。付き従う者たちも鍛《きた》えられた動きをしている。その中央に一人、背の高い人物が、囲まれるようにして歩いて来る。

（やはり来たか）

と、喜右衛門は思った。その男のことはよく知っていた。

坂田郡は、北近江守護京極氏の本拠地で、その家臣団が治めてきた。東部は京極氏、中央部は京極氏の親戚《しんせき》一門衆である大原氏や黒田氏、南部や西部は古くからの家臣であった堀氏、今井氏、百々氏などの被官が治めていた。堀氏は東山道の南側に鎌刃《かまは》城を構え、南部地域に勢力を保っていた。しかしこの頃、堀氏の当主は幼かったため、家老の樋口直房《ひぐちなおふさ》が代わって政務を取り仕切っていた。江北と江南の境目で堀氏の命運は、この家老の判断に委ねられていた。

「ご無沙汰《ぶさた》してました」

樋口は喜右衛門の顔を見るなり、穏《おだ》やかな表情で挨拶《あいさつ》をした。喜右衛門も頭を下げて挨拶を返した。

「ちょうどそこで与左衛門さんに会えて良かった。相談したいことがあって来たんやけど、ここまで入れてもらえるか、ちょっと心配やったんや」

「いやいや、そんな心配は無用のことです。堀家と我らはいつも一緒です。さあ、どうぞ」

喜右衛門は、温厚な表情を浮かべる堀家の家老を部屋に案内した。

「大事な話をするから誰も来ないように言ってくれ」

部屋に入ると、喜右衛門は与左衛門に指示をした。与左衛門は頷《うなず》くと奥へ入っていった。

「わざわざこんな山奥まで、すみません。それで、相談とは」

京極高広からの誘いの件であろうことは想像がついていた。坂田郡内の国人衆《こくじんしゅう》はこの時期、どのような決断をすべきか迷っていた。誰もが周りの情勢を見ながら、状況判断を誤らないように慎重であった。

「喜右衛門殿。ここはもう腹を割って話をしたいと思っておる。我らは同族やから、今さら何か腹の読み合いをしても意味がない」

彼らには姻戚《いんせき》関係があった。与左衛門と樋口直房はいとこ同士である。地域を治めるために、国人や土豪が姻戚関係を結ぶことはよくあった。つまり喜右衛門とも親戚である。姻戚関係になる前から樋口の名前は噂《うわさ》でよく聞いていた。自分より年上のこの男は、信頼できる人物だと評判が高かった。地域に住む人々の暮らしを考えて行動できる人物だと言われていた。

樋口は一呼吸入れて切り出した。

「喜右衛門殿のことを信頼して思い切って言うが、私は御屋形様が江北をまとめることができるとは思っていない。京極様の時代に戻りたいと思う者はそう多くないやろ。ましてあの六角様に対抗できる力を持てるわけがないと思う」

喜右衛門は黙って聞いていた。御屋形様とは京極高広のことを言っているが、その弟が住む京極家一族の城へ単身乗り込んで来て、確かに思い切ったことを言う、と思った。

「しかし、私が気になるのは、もし浅井様が本気で御屋形様を味方するなら、事態は違う。

そこが聞きたいんや」

　樋口は喜右衛門を凝視した。

「喜右衛門殿。どうや。あんたなら、分かるんやろ」

　喜右衛門は黙ったままだった。

「境目に住む我らが、どうすれば領民たちを守れるのか。領民の暮らしも顧《かえり》みず、同族で争い続ける京極の時代には戻りたくない。しかし、南からやって来た大きな力に屈服するのも、もう我慢の限界や。自分らでこの地域をまとめることはできないのか。喜右衛門殿、あんたもきっと同じ思いやろ。なあ、そこんとこを聞かせてもらえんか」

　黙って聞いていた喜右衛門が口を開いた。

「思いはよく分かりました。その思いは儂も同じです。いつかきっとそんな地域にできればと思っています。けど、浅井様がどのように考えておられるかは、儂にも分かりません」

　樋口は黙って喜右衛門の顔を見ていたが、しばらく待って話し始めた。

「そうか。あんたは浅井様をよく知っていると聞いていたので、何か分かると思っていたが、連絡は取っておらんのか」

「はい。こんな情勢ですので」

「ならば、あんたはどう思う。浅井様は本気で味方すると思うか。あんたの考えを聞かせてくれんか」

喜右衛門は少し考えた。するとその時、部屋から見える庭先に一人の少年が現れた。

「喜右衛門。できた、できた」

まだ幼い少年は踊るように喜びながら、手にもった槍の先を喜右衛門に見せてきた。その穂先には黄色い落ち葉が刺《さ》さっていた。

「刺せたぁ」

無邪気に喜ぶ少年の姿を見た喜右衛門は、思わず膝《ひざ》を立て駆け寄りながら声を出した。

「若様、やりましたな」

「はい。やっとできました」

樹々から落ちる紅葉を槍で突き刺す訓練を先日から続けていた。そして、今、初めてできたことを喜んでいる。眩《まぶ》しいほどの笑顔だった。喜右衛門も嬉《うれ》しかった。この少年の成長が喜びであり、希望であった。しかし、うっかり言ってしまったと気づいた時には遅かった。

「若様とは、どちらの若様や」

背中から樋口の声が聞こえた。はっと思ったが、ゆっくり振り返った。

「いやいや、違う。親戚の子や」

とっさに誤魔化《ごまか》そうとした。樋口はその言葉には取り合わず、立ち上がって庭先に歩み出てきた。

「おお、槍の稽古《けいこ》でござるか。励んでおられるな」

樋口は笑顔で少年をじっと見た。少年は樋口のことを真っ直ぐに見た。

「坊やは幾つや」

「はい。七歳です」

少年は、はきはきと答えた。

「ほおお、七つか。七歳でそれほど槍を使いこなせるとは。すごいですな」

樋口は、庭先へ出て、片膝《かたひざ》をつきながら少年に話しかけた。少年は、褒《ほ》められて自慢げであった。少年にとって見ず知らずの人と話すことは、この一年に一度もなかった。少し恥ずかし気に笑うと、また樹々の下へ駆けて行き、槍の稽古を始めた。

樋口は、少年の槍の握り方や腰の使い方などをしばらく眺めた後、少年に尋ねた。

「坊やは槍の稽古が好きか」

少年は稽古を止め、樋口の方を見て答えた。

「あまり好きではありません」

思いがけない答えだった。樋口はさらに尋ねた。

「ほお、ならば、なぜそれほど一生懸命に稽古をするのじゃ」

少年は答えた。

「大きくなったら、父上や母上を守るためです」

「おお、そうか。それは、それは良い心がけじゃ。はっははは」

樋口は高らかに笑った。その後もしばらく稽古を続ける少年の姿を見ていた。喜右衛門もその動きを穏やかな眼差《まなざ》しで追った。

「喜右衛門殿」

樋口は、少年の方を見たまま呼びかけた。呼びかけたが、すぐに次の言葉を続けなかった。喜右衛門も何も言わなかった。河内の山奥から見える紅葉は色鮮やかであった。澄んだ空気は、すべてを透き通らせ、その色を際立たせた。二人はその風景をじっと考えるように見ていた。

「決めましたぞ。堀家は御屋形様に従うことにします。しかし、喜右衛門殿。あんたには分かってほしい。今は腹を割って話せんことがあったとしても、私はあんたを信じておる。いつか江北をまとめるために、力が必要な時は必ず協力する。境目に生きる者たちを守るためや。それしかないんや」

そう言葉を残すと、樋口は帰っていった。帰り際にも、樋口は少年に励ましの声を掛けて帰った。喜右衛門は、樋口の姿が麓に消えるまで見送った。

浅井の妻子を久政のもとに返すためには、京極の信頼を得なければならない。京極の味方であるとはっきり思わせるような行動をしなければ、人質は返してくれない。しかし、六角にはその行動が、かならずしも六角を裏切ったと思わせないように行動しなければいけない。たとえ人質を解放されたとしても、六角から疑われるようでは、のちのち再び人質を送らなければならなくなる。

つまり、誰が誰の味方なのか敵なのか、はっきりと分かる行動をすることは、この境目では意味がない。重要なのは、どのように受け止められたか、ということである。

樋口は、ここで初めて出会った少年のことを誰だと受け止めたのか。そして、喜右衛門の胸の内をどのように想像したのか。

そして、喜右衛門は、樋口という男が信用できる人物だと知っていた。

二の砦　菖蒲嶽城主今井家

「ううぅ、父上」

「えーん、えーん、ちちうえー。えーん、えーん、ちちうえー」

自分のうめき声とともに、繰り返される幼子の泣き声が脳裏《のうり》から離れない。

「なぜ裏切ったのじゃ。許すわけにはいかん」

闇の中から聞こえてくる声は、抗《あらが》うすべがない父を追い詰める。

「いいえ、裏切ってなどおりません。誰がそのような根も葉もない噂を。どうか、どうか信じてください」

父は闇の声の主《ぬし》に懇願《こんがん》している。しかし、その願いはいつもいつも叶《かな》えられない。

「いや、証拠は上がっておる。打ち首にしろ」

「やめろー」

暗闇の中から聞こえる声に向かってうめきながら叫んだ。

「ううう、ちちうえー」

今井定清《さだきよ》は、自分のうめき声で目を覚ました。あたりはまだ薄暗い。この夢を見る時はきまって嫌な汗をかく。汗をかいているのに冷たい血が体を通っていくような嫌な感覚が残る。はっと我に返った定清は、寝床《ねどこ》から起き上がった。菖蒲嶽《しょうぶだけ》城の一室の戸を開き、まだ薄暗い外の風景を見渡した。いつもと変わらぬ山々の景色がそこにはあった。少し安堵《あんど》の表情を浮かべた。

今井氏は、江北と江南の境目の城を拠点に坂田郡の南部を治める有力な国人であった。十数年前、江北の盟主となっていた浅井亮政は、江南の六角定頼と対立していた。六角はたびたび大軍で小谷城を包囲した。その時、境目で苦しむ今井定清の父は、浅井から六角への寝返りを疑われた。神照寺《しんしょうじ》に呼び出された父は浅井亮政に謀殺《ぼうさつ》された。定清がまだ五歳の時であった。幼かった定清には詳しいことは分からなかったし、父の記憶もほとんど残っていない。顔も覚えていないし、本当に裏切ったのかどうかさえ分からない。

父の死により今井家は断絶寸前になった。その後、幼い定清は、重臣の嶋秀安《しまひでやす》に支えられ、六角氏の庇護《ひご》を受けて生き延びる道を選んだ。人質同然の暮らしを耐え忍び、六角氏の家臣として成長した。そして、成人した定清は、境目の城のひとつ、菖蒲嶽城を任されるまでになった。この時、六角氏への忠誠の証として幼い息子を人質として預けた。六角氏への恩情は十分にもっていたし、六角を裏切るつもりなど毛頭《もうとう》なかった。

しかし、南北対立の真っ只中《まっただなか》にある境目の城に時流の大波がやってきた。旧主京極高広の挙兵とともに、坂田郡域は次々に京極勢に飲み込まれていった。今井氏と同様、坂田郡の有力国人であった堀氏は降伏し、鎌刃城を開城した。六角氏の大軍が京で三好軍と交戦している間、京極軍と孤立無援《こりつむえん》で戦い続けることが無理だと判断したからであろう。

今井氏の菖蒲嶽城にも京極高広の手が伸びてきた。京極の使者は降伏し味方に付くよう求めてきた。若い定清はどうすればよいか判断に迷った。六角を裏切るつもりはなかったが、六角軍が救援に来てくれる保障はない。孤立無援で戦い続けることができるのかどうか、戦経験のない定清には判断のしようがなかった。父がかつて経験した境遇とほとんど同じであった。父もこの境目で自分も家臣たちも生き延びるためにどうすればよいか、迷っていたに違いない。きっとこのような境遇の中で父は決断することができず、疑われて殺されたに違いない。顔さえも覚えていない父の心の奥底まで分かる思いになった。

その迷いを見透かすように、六角義賢が家臣を派遣してきた。定清の裏切りを心配したからである。その夜、定清は久しぶりに父の夢を見た。疑われて殺される夢は、小さい頃に何度も何度も見た。違う結末になることを期待していたこともあったが、何度見ても結末は同じだった。大人になって久しぶりに見る夢なので、もしかすると違う結末になるかもしれないと期待する意識があった。しかし、その夜も変わることはなかった。

疑われれば、殺される。定清の心は拭《ぬぐ》い切れない不安に支配された。幼い頃から意識の奥底に張り付いていた恐怖が蘇《よみがえ》っていた。

翌日、定清は六角の家臣を監禁した。六角に拾《ひろ》われて生き延びることができたと思ってきた。だから、六角を裏切るつもりなど毛頭なかった。しかし、疑われた途端に、父と同じ境遇に恐怖し、理性を失っていた。親代わりのように支えてきてくれた嶋秀安は、疑いを晴らすべきだと言ってくれた。しかし、定清にはそのような勇気はもてなかった。意識の底に張り付いた恐怖を拭うことはできなかった。その恐怖に打ち勝つことができずに、六角からの使者を監禁してしまった。

まさか、そのことが、直ぐにわが子の命を奪うことになってしまうとは思っていなかった。いや、そうなるかもしれないことはどこかで気づいていたのかもしれない。しかし、恐怖心が先に来て、考えが及ばなかった。そう思うしかなかった。

人質に出していた幼子は殺された。裏切るつもりはなったが、子を殺されて裏切らぬ者などいない。六角を離れ、京極についた。

早朝の山城は静かだった。朝日が差し込む時季《じき》になったが、外気は寒く、心は凍りついたままであった。城から見渡す北へ続く山々は白く、深雪《しんせつ》が積もっている。麓の村落の雪は融《と》け、土色の田畑が広がっている。その向こうに琵琶湖が見える。見渡す地域に敵の軍勢の姿は見えない。今日も敵は攻めてきていない。安堵の思いの次に、後悔の念が波のように押し寄せてくる。耳の奥に残るわが子の泣き声が、定清の心を責める。疑いをかけられて父を失い、子も失った。南北の勢力の境目で時勢の流れに翻弄《ほんろう》されて生きぬくことはあまりにも難しい。

「えーん、えーん、ちちうえー」

また、あの幼子の声が耳の底から蘇ってきた。定清は両手で耳をふさいだ。自分のことを呼ぶ幼子の泣き声が耳から離れない。

朝早くに目が覚めるともう眠ることはできない。それでも悪夢を振り払いたい一心で、しばらくは床《とこ》に臥《ふ》せていた。そこに幼い頃から聞きなれた野太い男の声が聞こえてきた。

「殿。朝早くから失礼致す。すぐに広間へお越しください」

重臣嶋秀安の声であった。定清は素早く着替えを済ませ、広間に向かった。今井氏が本拠としている菖蒲嶽城は、坂田郡と犬上郡の境にある砦《とりで》の一つである。いつ敵が攻めてくるか分からない情勢の中、昼夜を分かたず警備に余念はないが、今朝の様子はいつにも増して物々しい。

「秀安。何があった」

定清は、広間で待っていた嶋秀安に尋ねた。広間には主な家臣たちが集まっていた。老臣の嶋秀安は、かつて五歳の定清を保護し、六角氏のもとで今井家が存続できるように尽力してきてくれた重臣である。その息子の秀宣《ひでのぶ》と秀淳《ひであつ》もいる。定清が座るのを待って秀安が話し始めた。

「田那部からの知らせでございますが、敵がこちらへ攻めてくるとのことでございます」

定清は驚いた。

「京極様かそれとも六角様か。どちらが来たのじゃ」

疑心暗鬼《ぎしんあんき》が渦巻《うずま》くこの境目では、どちらがどちらの味方なのか、どのように受け止められているのかは、当事者であってもよくわからない。まして、疑いの末に殺された父と子を持つ身である。誰が攻めてくるか分からなかった。

「いや、それがどちらでもないようでござる」

老臣のあやふやな答えに、内心苛立《いらだ》ちが増した。

「ならば誰が攻めてきたというのじゃ」

「それが、どうも浅井のようでござる」

秀安の答えにやや納得いかぬ様子で聞き返した。

「浅井じゃと。なぜ浅井が攻めてきたのじゃ。浅井がこんなところまで攻めてきたことなどなかったじゃろ」

久政の代になって十年、浅井が坂田郡へ兵を出すことなど一度もなかった。突然の襲来《しゅうらい》を不審に思ったのである。

「それは確かなのか」

定清は訊《き》き返した。

「田那部からの知らせでございますので、きっと間違いございません」

父に代わって嶋秀宣が答えた。

「そうか。んん、して、浅井はどちらの味方なのじゃ。京極か六角か」

定清はまだ若かったが、この十年近くの浅井の動向や江北をめぐる情勢については知っていた。かつて浅井氏は亮政の代には勢力を伸ばしていたが、今の久政の代になって六角氏に臣従してきたこと。そして、現在、浅井も坂田郡の国人衆と同じように六角か京極か、どちらに従うべきか、態度をはっきりさせていないこと。さらに、六角軍が近江にいない今、京極氏に接近しているようであることを。しかし、明確な情勢を確認する術《すべ》はなかった。

若い主人《あるじ》の問いに三人の親子もはっきりと返答することはできなかった。

「どうも近頃は、京極様に味方したとの噂を聞いていますが」

嶋秀宣が答えた。

「そうやな。そう言うことならば、我らが京極側に付いたことを明らかにすればよいということやし、まずは浅井がどちら側なのかを確かめねばならんな」

「はい」

定清の言葉に返事をした秀安は、二人の息子たちに向かって指示を続けた。

「秀宣、秀淳。直ぐに大手を固めよ。誰も館へ入れてはならん。その上で誰が何の目的で攻めてきたのか、どれほどの人数かを確かめるのじゃ。相手が、京極方でも六角方でも通してはならん。どちらの側が来ても味方であると言うのじゃ。攻める口実《こうじつ》を与えてはならん。分かったな」

「分かりました。父上」

二人は返事をすると、上座《かみざ》の定清に会釈《えしゃく》をして部屋を出て行った。

「浅井め。今頃、何をしに来たのじゃ」

定清は誰に問うでもなく呟《つぶや》いた。

「まずは情報を集めることでござる。とにかく今は、誰がどちらの味方かを知り、成り行きを確かめてから決断すべきでございます」

不安げな主人に秀安は声を掛けた。

「じゃが、父のようにどっちつかずの様子見をしていては、どちらにも疑われる。そんなことで殺されてはかなわん」

定清は自分の不安を、父の代から仕える老臣にぶつけた。

「そうでござるな。まずは情報を一刻も早く集めることでござる。しかし、田那部はどこへ行っておるのじゃ。このような時に居《お》らんとは」

田那部氏は、代々今井家に仕えてきた坂田郡の土豪である。伊賀者《いがもの》とのつながりももつ一族は、特に情報収集の分野で働いていた。ところが、若い田那部与左衛門は、近年京極家の中で発言力を増してきた遠藤喜右衛門とつるみ、今井家家老の嶋一族とは違う行動をすることが多くなっていた。嶋秀安は少なからずその行動を忌々《いまいま》しく感じていた。

「田那部には儂からも厳しく言わねばならんな」

定清もまた、自分の代になって離れていく旧臣たちに複雑な感情をもっていた。

「はい。近いうちに田那部を呼び戻します。では、儂は下の様子を見に行ってきます。若殿はここで状況を見てご指示ください」

嶋秀安はそう言うと、山城《やまじろ》を下り、大手門へ向かった。

複雑に入り組んだ山道を下っていくと、北国街道の向こうの方から、多数の軍勢が隊列を組んで向かってきているのが見える。確かにかなりの軍勢である。長年戦場を駆けてきたので、一目見れば数百の規模ではないことは分かる。これだけの人数をこの時期に動かせる者は、江北にはそれほどいない。やはり浅井が攻めてきたのかと思った。

麓の今井館に入ると、秀淳が声を掛けてきた。

「やはり浅井です」

「そうか」

「今、兄が大手門に上がりました」

「ああ。数は千というところか。他はおらんか」

秀安は秀淳やその周りの者たちに確認した。

「鎌刃方面から樋口が動いているとの報告が入っております」

家臣の一人が言った。

「何。東からもか。堀も同心しておるということか。秀淳。東の様子を見ておけ」

秀安が指示すると、秀淳は館から出て行った。周りの家臣たちにいくつかの指示をしてから秀安は館の上の櫓《やぐら》に上がった。眼下に見える大手門の向こう側で敵軍が動いている。その動きはゆっくりしていた。しかし、徐々に館の囲みを広げていく。

「皆の者、よいか。こちらから手を出してはならん。敵が攻めて来るまでは弓も射掛《いか》けるでない」

秀安は辺り一帯に響き渡る野太《のぶと》い声で叫び指示した。大手門から左右に広がる堀と土塁《どるい》の後ろで弓矢の準備をして待ち構える者たちは、その指示に頷《うなず》き返事した。

日が登り辺り一帯を照らしている。無数にはためくのぼり旗には、浅井の「井」の字をあしらった井桁紋《いげたもん》が見て取れる。しばらく様子見が続いていたが、大手門の前に馬に乗った一人の武士が近づいてきた。弓が届かないぎりぎりの距離まで来て、大声で語りかけてきた。

「我は浅井家家老、赤尾《あかお》でござる。今井殿に訊《き》き正したき儀《ぎ》がござる」

赤尾清綱《きよつな》は伊香《いか》郡の国人で浅井家中でも筆頭家老として坂田郡でもその名はよく知られていた。

「拙者《せっしゃ》、今井家家老嶋秀安の嫡男《ちゃくなん》、嶋秀宣と申す。浅井家の皆様は、いかなる御用にて参られたのか、お聞きいたそう」

大手門の上の櫓《やぐら》から顔を覗《のぞ》かせて、嶋秀宣が応答した。両軍ともに静まり返って二人の声に聞き入っている。

「このたびある者から今井家が御屋形様を裏切り、六角方へ内通したとの訴えを聞き及んだ。それゆえその真偽を確かめに参った。もし、それが事実であれば、許すわけにはまいらんが、いかがじゃ」

館の上で聞いていた秀安は怪訝《けげん》な表情を浮かべ、思わず呟いた。

「誰がそんな根も葉もない噂を流しておるのじゃ」

大手門の上の秀宣も同じ思いであったのだろう。一瞬考えているようであったが、皆に聞こえる大声で返答を始めた。

「そのようなことは、根も葉もない噂話でござる。我ら今井家は御屋形様に忠誠をお誓い申しあげて以来、六角とは一切の縁を切っております。裏切ることなど絶対にございません。そのようなことはただの噂話にございます。当方、甚《はなは》だ迷惑に存ずる」

　秀宣は堂々と宣言した。

「いやいや、単なる噂話ではござらん。我らは確かな者より証言を得て参っておるのじゃ。言い逃れは許さんぞ」

　赤尾も確証があるような口ぶりである。

「いやいや、そんなことはございません。だいたい今井家中のことを、浅井家の方が分かるはずがござらん。単なる嘘でございます」

「いいや、今井家中の者が訴えておるのじゃ」

　二人のやり取りを聞いていた嶋秀安は絶句した。秀宣もしばらく言葉を失っていた。

「そ、それは、誰でござる。今井家中にそのようなことを申す者はおらんはずじゃ」

　秀宣は何とか言葉を絞り出した。

「簡単に誰かを言うわけにはいかん」

　赤尾は落ち着いていた。秀宣も気持ちを落ち着かせて考えた。

「ならば、その者と拙者と、どちらの証言が正しいのか、対決させていただきたい。もしもその対決で拙者が負けるようなことがあれば、拙者はその場で切腹いたす。拙者の命を懸け申す。いったいそのような嘘を言っているのは誰なのか。はっきり言っていただかねば、一人の命では済まされませぬ」

しばらく考えていた赤尾であったが、考えた末に口を開いた。

「そうか。命を懸けると申されるならば、誰なのか申し上げよう。我らが証言を得たのは、今井家家臣、田那部与左衛門でござる」

その場の皆が唖然《あぜん》となった。

「なんじゃと。なぜじゃ」

秀安もまさかと思った。

「田那部は確かに家中の者でござるが、にわかに信じられることではございません。田那部はどこに居るのでございましょうや。もしそちらの陣中に居《お》るならば、ここへ引き出していただきたい」

「わが陣中にはおらん」

「そう言うこととなれば、本日は田那部との対決は無理ということでございます。もう一度申しますが、我らは御屋形様を裏切っておりませんし、浅井様と事《こと》を構《かま》えるつもりもございません。そのようなことは思いもよらぬことでございますので、もしそれが事実ならば、拙者は切腹いたします。どうか、拙者の命に免じて今日のところは引き上げていただきたい」

赤尾は馬上で二、三度手綱《たづな》を動かした。馬がその場で少し向きを変えて動いた。そして、門の上を見上げ言った。

「あい分かった。本日は引き上げるが、証言の真偽によっては、改めて参る」

赤尾は踵《きびす》を返し戻っていった。

しばらくして、浅井軍は引き返していった。戦にはならなかった。

その後、今井定清は田那部を召し捕って首を跳ねよと怒った。嶋秀安は逆上する主人《あるじ》に、田那部は嶋一族が重用《ちょうよう》され妬《ねた》んでいるだけだと言ってなだめた。田那部の打ち首は先延ばしとなった。

この騒動は坂田郡内で噂になったが、結局のところ戦もなく誰も死ぬことはなかった。何もなかったかのように時は過ぎた。


春の気配が色濃くなってきた頃、小谷に一人の人物が訪ねてきた。夜、誰にも見られないように密かにやって来たその人物は、番人にその名を告げて目通りの許可を願った。長い間待ちに待った人物の訪問に、久政の心は踊った。座敷にその男が待っていた。入るなり声を掛けた。

「喜右衛門、どうや。うまくいったのか」

正座をして待つ喜右衛門の顔は笑顔だった。

「はい。長らくお待たせしてしまいました」

喜右衛門はそう言うと頭を下げた。

「それで、どうなったんや」

久政は待ちきれない気持ちで事の顚末《てんまつ》を聞こうとした。

「高広様と高慶様の許可は得ることができました。お二人をお返しすることができます」

「そうか。それはよかった。ようやってくれた」

久政は手を打って喜び、喜右衛門の手を取った。そして続けた。

「しかし、田那部が小谷に来たときは驚いたぞ。今井が裏切ろうとしているから兵を出してくれと、あまりに突然のことやった。初めはこの男、何を言っているのか、と思ったぞ。まあ、遠藤喜右衛門が関わっていると聞いて、ようやく儂には分かった。もともとの京極様との約束は、浅井が京極のために兵を出せば人質は返すというものであった。今回の出兵は、きっとそれに違いないと思った。だから、赤尾に行かせたんや。あれでよかったんやな」

久政は思い通りに事が進んだことを確認しようとした。

郵 便 は が き

お手数ながら切手をお貼り下さい

5 2 2－0 0 0 4

滋賀県彦根市鳥居本町 655－1

サンライズ出版 行

〒

■ご住所

■お名前《ふりがな》　　■年齢　　歳　男・女

■お電話　　■ご職業

■自費出版資料を　　希望する ・ 希望しない

■図書目録の送付を　　希望する ・ 希望しない

サンライズ出版では、お客様のご了解を得た上で、ご記入いただいた個人情報を、今後の出版企画の参考にさせていただくとともに、愛読者名簿に登録させていただいております。名簿は、当社の刊行物、企画、催しなどのご案内のために利用し、その他の目的では一切利用いたしません（上記業務の一部を外部に委託する場合があります）。

【個人情報の取り扱いおよび開示等に関するお問い合わせ先】
サンライズ出版 編集部　TEL.0749-22-0627

■愛読者名簿に登録してよろしいですか。　□はい　□いい

ご記入がないものは「いいえ」として扱わせていただき

愛読者カード

ご購読ありがとうございました。今後の出版企画の参考にさせていただきますので、ぜひご意見をお聞かせください。なお、お答えいただきましたデータは出版企画の資料以外には使用いたしません。

●書名

●お買い求めの書店名（所在地）

●本書をお求めになった動機に○印をお付けください。

1．書店でみて　2．広告をみて（新聞・雑誌名　　　　　　　　　　）

3．書評をみて（新聞・雑誌名　　　　　　　　　　）

4．新刊案内をみて　5．当社ホームページをみて

6．その他（　　　　　　　　　　）

●本書についてのご意見・ご感想

入申込書　小社へ直接ご注文の際ご利用ください。
お買上 2,000 円以上は送料無料です。

書名	（　　　冊）
書名	（　　　冊）
書名	（　　　冊）

「はい。その通りでございます。他の者には分からなくても、久政様ならばきっと気づいていただけると思っておりました。高広様は、浅井が六角を離れ、京極に味方したことがはっきりしたと満足されていました」

「そうか。高広様はそうお考えか。それはよかった。六角様のことやが、六角定頼様が先月亡くなったことは知っているな。後《あと》を継《つ》いだ義賢様は、京で三好との和睦《わぼく》を進めている。まだしばらくはかかるやろうが、六角軍は戻って来るぞ」

「そうですか。ならば今のうちに帰ってもらえることになってよかった。あとは、六角といかにうまくやるかでございますな」

　喜右衛門が久政に確認した。

「ああ。今回の出兵は、六角は怒っていない。何といっても今回は戦ってもいないし、どちらがどちらを味方したのか、外の者にはよう分からんやろ。きっと六角との関係は大丈夫や。それより、田那部は大丈夫か。あんなことを言えば、今井家は怒っているやろ」

「はい。かなり腹を立てているようなので、しばらくはこっちで預かっています。そのうち殿に取りなしていただければありがたいです」

「わかった。田那部に悪役をやらせてすまぬと久政が言っていたと伝えてくれ」

「伝えます。まあ、与左衛門にはこういう役目は合っています」

喜右衛門は微笑を浮かべた。

「それで、二人の引き渡しはいつになる」

久政は最も大事なことを尋ねた。

「三月三日。柏原の京極館で」

「おお、もうすぐやな。いい季節や。きっと桜がきれいな時期やな」

久政は満面の笑みを浮かべた。

「ただ、もう一つ申しあげておかねばならないことがございます」

喜右衛門は言いにくそうに切り出した。

「京極高慶様が、二人を返すにあたって条件を一つ申されております」

「何や」

久政は尋ねた。

「それが」

喜右衛門はめずらしく言い淀《よど》んだ。久政の脳裏に漠然《ばくぜん》と思ってきた不安が浮かんだ。本当に京極が無条件で人質を手放すのか。もし見返りを求めるのなら。そんなことは漠然と考えてきた。やはりそうするしかないのかと思いながら、喜右衛門の話を聞いた。

阿古が小谷を出て八年、河内城に匿《かくま》われて一年半の歳月が流れた。十代から二十代後半までを人質としてほとんど自由もなく暮らしてきた。井口の井守の家で育ったので忍耐強さは備えていた。家のため、地域のため、そして子のためならば、自分を犠牲にすることは厭《いと》わなかった。むしろそんな幸せもあると思えることもあった。そう思って、この八年を耐えてきた。

夫はどうしているだろう。生真面目《きまじめ》な性格の人だから、地域のために、そして浅井家の存亡のために、きっとこつこつと頑張ってくれているに違いない。そう思えば、住むところは違っても一緒に頑張れる。小谷に残してくるしかなかった娘のお慶はどんなに大きくなっていることだろう。よちよち歩きの幼女の姿しか思い浮かばない。もう十歳になっているはずである。娘の成長に母として関われなかった寂しさや申し訳なさは感じてきた。けれども、やっと会える。

阿古は、出ることを許されなかった河内城下を出て、隣村の柏原にある京極館に向かった。毎日、囲まれた山の風景しか見ることができなかったので、山道から見える麓の風景は新鮮に感じられた。春霞《はるがすみ》が掛かる小山の向こうに、夫と娘が待つ京極館がある。阿古の心は踊った。

八つになる猿夜叉も元気に育ってくれた。こんな不自由な環境の中でも素直に立派に成長してくれた。遠藤喜右衛門やその妹たちが手助けしてくれたお陰でもある。田那部与左衛門らも常に警備をして守ってくれていた。京極高慶様も貴族のような高貴で穏やかな人柄で、人質だからといって辛く当たるようなことはほとんどなかった。

阿古は道中、数十人の一行の中で、一緒に歩く人々のことを一人ひとり思い浮かべながら進んだ。喜右衛門たちの働きのお陰で無事に戻れることに感謝し、小谷で再び暮らせることに期待を膨《ふく》らませた。

久政は数十人の家臣を連れて、京極家代々の本拠地である柏原館に来ていた。室町幕府侍所《さむらいどころ》長官を務め、日本の軍事・警察を預かった京極一族の本拠地で、栄華《えいが》を極めた時期もあった。しかし、度重《たびかさ》なる戦乱で館も何度か被災し衰えていた。かつての華やかだった頃の面影は、ほとんど残っていない。初代将軍足利尊氏《たかうじ》が最も頼りにし、最も恐れた武将、京極道誉《どうよ》がこの地に数本の枝垂《しだ》れ桜を植えた。

桜花《おうか》三月、満開の桜が華やかに咲き誇っていた。花びらがひらひらと舞う下に、着飾ってもらった娘が、美しい桜を寂し気な表情で見上げている。

「お慶。きれいやな」

久政は、娘に近づき、愛《いと》し気《げ》に肩を抱いた。娘は黙ったままであった。お慶は十歳になっていた。

そこへ喜右衛門から一行《いっこう》が到着した知らせが届いた。

「母が来たぞ。お慶は覚えていないやろうな。もう八年も前のことやから。長かった。すまなかったな」

久政は娘と一緒に阿古と猿夜叉が来るのを待った。

阿古が京極館に着くと、庭に浅井の一行が待っていた。ほとんどは、初めて見る人たちだったが、中には見覚えのある人もいた。「おかえりなさい」「お疲れ様でした」と声を掛けてくれた。阿古の胸は一杯になった。

広い庭の向こうに美しい桜の樹々がある。その下に、長身の男性と、その肩に届かない背丈の女の子が、肩を並べて立っている。久しぶりであったが、広い肩幅の颯爽《さっそう》とした姿は、一目見ただけで夫であると分かった。

「猿夜叉、あそこにいるのが、父上と姉上ですよ。さあ」

猿夜叉の目は輝いていた。

「久政様」

阿古は、猿夜叉の手を引き、久政のもとへ駆けた。

「阿古、猿夜叉、苦労を掛けたな」

駆け寄る久政と二人は抱き合った。一杯になった感情が溢れて涙が止まらなかった。猿夜叉も笑顔で泣いていた。

「お慶や」

久政が手招きした先に、大きくなった可愛い娘が立っていた。お慶も泣いていた。まだ幼子だった頃の顔と直ぐに重なった。

「お慶、ごめんね。長い間。ほんとにごめんね」

阿古は娘に寄り添い抱きしめた。

「母上、母上」

娘は、記憶にない母の胸で泣いた。阿古は娘をぎゅっと抱いた。よちよち歩きだったころの娘は、両手のひらで抱き上げられた。そんな記憶がずっと残っていた。けれど、大きくなった娘は、その両腕で自分をぎゅっと抱きしめてくれる。

「ああ、ほんとに、こんなに大きくなるまで会えなくて、ごめんね。どうぞ、母を許してください」

そう言う阿古の胸で、お慶は首を振った。

「いえいえ、母上こそ、私たちのために、長い間大変な思いをしてくださって、本当にありがとうございました」

お慶は、そう言ってくれた。阿古の中で、これまでの苦労が消えていくような思いになった。こんなに大きく優しく育ってくれた娘に感謝した。

「ありがとう。ありがとうね」

阿古は泣いた。嬉《うれ》しくて、嬉しくて泣いた。

四人はしばらく再会を喜び、声を掛け合った。お慶は、少し腰を落として弟に顔を近づけた。初対面の姉との出会いに恥ずかし気にしている弟の手を取って話をした
「猿夜叉さん。姉の慶です。本当に長い間、家を離れて暮らさないといけなくて、大変でしたね。これまで、私だけが、幸せに暮らせて、ごめんなさいね」

「お姉さん」

猿夜叉は、母から姉がいることは、いつも聞かされていた。

「猿夜叉さんと母上は、これから小谷で暮らせるようになったから、安心してね。ほんとに、これまでありがとう」

そう言うと、お慶は、弟の肩を抱いた。猿夜叉は、こんな優しい姉がいてくれて嬉しかった。

昼前になっていた。

「本日は、ここで祝いの儀《ぎ》を執《と》り行います。では、こちらへ」

京極家の家臣の言葉とともに、一行は桜が見える庭に用意した宴《うたげ》の席に着いた。京極高慶が上座に座り、それぞれが席に着いた。阿古の席は浅井側に設けられていた。娘のお慶と一緒に座ろうと思っていた。ところが、お慶の席は近くになかった。

正面の京極高慶の隣に、着飾った娘のお慶は座らされていた。

京極家の家臣が高らかにこの宴の宣言をした。

「これより、京極家と浅井家の末永い繁栄のため、浅井様の息女が京極高慶様の養女となり、固《かた》い縁《えにし》を取《と》り結《むす》ぶ儀を執り行いまする」

誰もが晴れやかに着飾っていた。桜色に華やぐ舞台が整えられていた。その様子を見ていた阿古は呟《つぶや》いた。

「えっ」

その後の宴の様子や娘と泣いて別れたこともあまりはっきりと覚えていない。気持ちの整理がつかないまま、小谷に帰った。

あれほど待ちに待っていたのに、嬉しいはずなのに、帰れることに感謝で一杯だったのに、きっと命がけでみんなが働いてくれたお陰なのに、一生懸命そう思おうとしても、心が呟く。娘を身代わりにさせたのか。

多くの人々の努力のお陰で帰れたのだし、娘が京極家という名家の養女となれたことは、喜び感謝すべきことだと思っても、夜になると、なぜか目から涙がこぼれ出た。誰もが気遣ってくれる優しい人たちだったし、久政もそうだった。自分が泣けば、辛い思いをさせることは分かっていた。けれども、自然と流れ出る涙は止めようがなかった。

小谷に帰った阿古は、人と会うのを避けるようになった。やがて、別居《べっきょ》を願い出た。

小谷に帰った猿夜叉のことは評判になった。まだ幼い少年にもかかわらず、人が言うことにしっかりと耳を傾け、その上で大人に対しても正しいと思うことは、しっかりと主張する。人質として苦労し続けた子が、こんな立派な人物に育ってくれたことは、普通では考えられない奇跡だと喜んだ。

「世の常ならぬ若君なり」

この若君の成長に誰もが期待した。長い間の支配に苦しむ家臣たちは、きっとこの少年が江北をまとめる人物になるに違いないと希望を抱いた。

三の砦　佐和山城主百々家

近江国の中央には日本最大の湖、琵琶湖がある。その大きさは、まさに海である。淡水《たんすい》の「うみ」の国、「江」州。

琵琶湖は、都に近い南湖は細く狭い。対岸にいる人影さえ見えるほど幅が狭い。東岸を北に向かうにつれて湖は大きく盆地に入り込み、対岸が見えなくなっていく。対岸との距離が最も遠くなる北湖の中央部に南東から山脈が張り出してくる。そこは、人が南北に行き来する時に必ず通る要衝《ようしょう》となる。

そこに佐和山城がある。南北の要《かなめ》の城、ここここそ京極高広が目指す最重要拠点であった。天文二十一（一五五二）年四月、京極は坂田郡内の家臣に命じて、佐和山攻略の兵を挙げた。京極高広を盟主に、弟の高慶、一門衆の黒田、大原、坂田郡内国人衆の上坂《こうさか》、下坂《しもさか》、堀、今井の諸将とその家臣団が加わった。もちろん樋口、嶋、遠藤、田那部らも従軍した。京極氏の挙兵としては、近年にない大陣容《だいじんよう》であった。

「これだけの陣容ならば、浅井を頼むまでもないわ」

高広の機嫌はよかった。坂田郡と犬上郡を分ける佐和山を落とせば、江北の覇権は復活したと言ってよい。ついに父、京極高清さえ為し得なかった江北の統一も間近に迫った。

京極軍は、佐和山を東側から半円形に取り囲んだ。諸将を集め軍議を開いた。高広は居並ぶ国人・土豪衆を前に作戦を指示した。東側の大手から総大将の高広を中心に黒田、大原らの一門衆で激しく押し出す。北側の琵琶湖岸から船に乗り、下坂、上坂勢が北壁に取り付く。手薄になった搦《から》め手《て》の南側から副将の高慶を中心に堀、今井らで突撃し、城を落とす。総がかりで攻めれば、たとえ難攻の要塞《ようさい》といえども落とせる自信があった。

「皆の者、しっかり励め」

京極高広は、北近江の国主としての威厳《いげん》を示そうとしていた。

手はずの通り一門衆が、東側から城下に迫っていく。右手に入《い》り江《え》を見ながら大手道を進み、百々村を通る。佐和山城主百々内蔵助《どどくらのすけ》は、境目の要塞を守る名将と名高い人物である。先鋒《せんぽう》の黒田勢が大手門に近づいた。敵の気配はない。攻めるに難《かた》く、守るに易《やす》い天然の要害である佐和山に籠《こ》もり応戦するようである。京極の陣容を見て判断したのであろう。

さらの黒田勢は進み、城への山道を駆け上がるところまで来て進軍を止めた。山麓の樹々や雑草はすべて刈り込まれ、土の地肌が露《あら》わになっている。中腹には空堀《からほり》が掘られ、その上に土塁が積み上げられている。土塁の上にはところどころ人影が見え隠れし、敵が備えているのが分かる。

「弓隊前へ」

侍大将の合図とともに、大弓を携《たずさ》えた武士たちが前に歩み出る。その武士の前には竹を束にした仕寄《しよ》りが置かれている。足軽たちは先頭に立ちその仕寄りを徐々に前へ押し出していく。移動用の防御壁となる。土の壁のような山の斜面を徐々に登っていくと、上から弓矢が降り始める。応戦して下からも弓矢を放つ。広範囲に攻め上り、敵の手薄なところや弓矢が降ってこないところを探すが、敵の防御には隙がない。流石《さすが》に多くの戦場を経験してきた敵将百々内蔵助である。斜面を横に移動して登れる場所を探そうとするが、縦堀《たてぼり》が要所に掘られており、横移動もままならない。防御しながらも駆け登ろうとするが、相手の備えが十分で、突撃するのはあまりに無謀《むぼう》すぎる。

しかし、そうやって多数の敵を正面に引きつけておくのが、この方面の役割である。粘り強く何度も何度も下から隙を突こうと試みる間に敵の城の北岸には、湖上から船で近づく下坂・上坂の軍勢が上陸していた。下坂氏の武士たちは、下坂村で製作した槍を手に急《きゅう》峻《しゅん》な北岸の壁を登ろうとしている。横に長い隊列を組み、身動きしやすい短めの槍と木盾を持って一斉に急峻な坂を駆け上がっていく。斜面が急で真っ直ぐに登ることができないため、斜めに登り、向きを変えてまた斜めに登っていく。隊列を組んで中腹まで登ったところで、最後の壁がさらに反《そ》り立っている。一気に行こうとした時、上から百々の兵たちが現れた。木盾で防御しながら一気に上がってしまおうとしたところ、大きな岩を一斉に落としてきた。整然とした隊列は次々に崩れる。降ってくる岩や石にぶち当たり転げ落ちる者や避《よ》けて隊列を崩し避難する者など、とてもそれ以上は進めなくなる。

しかし、そうやって北側に兵を引きつけておけば、百々の兵はもうそれほどはいない。反対側の搦《から》め手《て》にはわずかな兵士しかいないはずである。

馬に乗った京極高慶は、南側に敵兵が少ないことを確認していた。

「樋口。堀一門衆が先駆けや。存分に手柄《てがら》を挙げよ。よいな」

京極高慶が戦の指揮をするのは久しぶりであった。つぶらな眼《まなこ》に色白で整った顔立ちをした高慶は、貴族のような優雅な振る舞いをしている。日頃は武士らしい姿は見せない。しかし、今日は気合が入っている。幼い頃、父親の京極高清は、長男の高広よりも弟の高慶を溺愛《できあい》した。可愛い弟の方に後を継がせたがった。それが原因で、高慶は、若い頃、兄と江北の覇権《はけん》を争い、戦《いくさ》に明け暮れたこともあった。心の奥底には野心を隠しもっていた。

「はっ」

樋口が返事をした。

「堀が突撃した後、我らが続く。今井一門衆は我らを援護《えんご》しろ」

「わかりました」

今井定清は返事した。若い定清はこの戦で手柄を立てて名を挙げたかったので、後詰《ごづ》めは不満であった。しかし、戦経験豊富な嶋は「急《せ》くことはござらん」とたしなめた。

ほどなくして準備が整った。

「行け」

高慶の合図で堀勢が駆け登っていく。搦め手の備えは薄く、堀勢は易々《やすやす》と中腹《ちゅうふく》の郭《くるわ》に辿《たど》り着いた。

高慶は、様子を覗《うかが》っていた。もし戦闘になるような状況であれば、出ていくつもりはなかったが、簡単に郭を占領できるなら、手柄を誇示したい。高慶なりの野心があった。様子を見ていた高慶は、自分も出張《でば》ることを決めた。

「よし。参る。前後を固めよ」

家臣たちに指示すると、馬に乗って搦め手の山道を登り始めた。中腹の郭の近くまで進んだところで、上が騒々《そうぞう》しくなった。

「おおら、おおら、この郭は、渡さんぞ。この磯野《いその》がいる限り、何百人でもかかって来い」

そう叫ぶ男が郭の手前で暴れまわっている。大男である。身の丈六尺はありそうである。しかも、並みの者には扱えぬような恐ろしく太く長い槍を振り回して次々と攻め手の兵をあしらっている。高慶は、思わず足がすくんだ。手綱を絞り馬の行く手を止めた。

さらに郭の後方から敵の一団が救援に駆けつけるのが見えた。その先頭を駆けてきた馬上の武士の声が聞こえた。

「磯野。待たせたな」

「内蔵助殿。もう来たんか。まだまだいけるで」

救援に来た武士に、磯野という大男は返答すると、突然こちらに向かってきた。

「儂は、磯野員昌《かずまさ》と申す。正々堂々勝負しろ」

名高い武将と思われたに違いない。京極高慶目掛けて一直線にこの巨人が突進してきた。

高慶は身がすくみ動けなくなった。

（ああ、しまった。こんな戦場に来なければ）

と、思う間もなく、相手は目の前に近づいていた。その恐ろしい槍が目の前に突き出される。一瞬、目を閉じた。

カキィン
目を開けたときには槍が弾《はじ》かれていた。

「高慶様。戻られよ」

喜右衛門の声だった。「ああ」と返事する間もなく、高慶は山道を駆け下っていた。

喜右衛門と磯野は対峙《たいじ》した。磯野は、太く長い槍を頭上からゆっくりと下ろすと穂先《ほさき》を真っ直ぐ喜右衛門に向けた。喜右衛門は、それよりも短い槍を握《にぎ》り絞《しぼ》ると、下段《げだん》に構えた。

磯野が突いた。長身を生かした突きは、これまで見たどの突きよりも鋭く伸びてきた。喜右衛門は、ぎりぎりのところで、槍を跳ね上げた。同時に鋭く間合いを詰め、相手の懐《ふところ》に入ろうとした。しかし、磯野の槍は、跳ね上げたと思った瞬間に、すぐ叩《たた》き下ろされてきた。危ないと思うよりも早く、体が自然と開き、槍身《そうしん》をかわしていた。かわした瞬間には、再び叩き下ろされる槍を巻き上げつつ、磯野に迫った。柄《つか》の中ほどを持ち、一気に接近戦に持ち込もうと詰めた。しかし、磯野は長槍を反転させ、槍尻の石突《いしづ》きで突き上げてきた。

喜右衛門は、素早くかわし、離れた。

磯野は山側に立ち見下ろした。巨大な体躯《たいく》がさらに大きく見え、喜右衛門を圧迫する。喜右衛門も真っ直ぐな眼差しで磯野を見上げる。

「あんたが磯野殿か。こんな戦いは、儂らが命を懸ける戦いやないやろ」

「お主《ぬし》は誰や」

「遠藤喜右衛門直経」

「ああ、お主がか」

磯野は、喜右衛門の名前を知っているようであった。

「確かに、遠藤殿が言う通りやな」

二人は言葉を交わすと、互いに槍を引いた。

「引き上げよ」

喜右衛門の合図とともに、攻め手の兵たちは下り始めた。敵は追撃してこなかった。

最初の総がかりは失敗した。京極高広は、搦め手の突撃がまずかったから失敗したのだと内心思っていた。しかし、もともと確執《かくしつ》のある弟高慶との関係を今悪くすべきではないと考え、今回は責めなかった。高慶も突撃の失敗以来、精気《せいき》を失っていた。

数日後、二度目の総がかりでは、高広の一門衆が逆の立場で突撃した。しかし、またも重要なところには、あの豪傑、磯野員昌が立ちはだかった。うまくいかない苛立ちがつのり、高広が声を荒げる場面も増えてきた。寄せ集めの軍は求心力を失った。

佐和山攻略は日延べせざるを得なくなった。


稲刈りが終わり、農繁期がひと段落着いた。この間、都では三好と将軍家の和睦《わぼく》がまとまり、長く続いた京周辺の騒乱《そうらん》もひと段落着いた。

六角軍が帰ってくる。今が江北制覇の最後の機会になると考えた高広は、再び佐和山攻略の兵を挙げた。今回は、失敗できない。浅井にも出兵を命じた。

江北全域から集まった兵の数は前回の倍以上になった。山城を取り囲み、隙を突いて攻め上ろうとしたが、名将と豪傑が守る城には隙がなかった。

高慶の提案で城に使者を送ることになった。使者として高慶が指名したのは、遠藤直経であった。遠藤は佐和山城に入った。一刻足らずの後、無事出てきた。百々内蔵助は、説得に応じ、降伏すると言う。百々と城兵に一切の御咎《おとが》めなしが条件である。もともと百々たちは北側の者たちである。しかも味方になってくれるならこんな頼もしいことはない。高広に異存はなかった。

こうして佐和山は開城した。

四の砦　太尾城

東山道と北国道が分岐する場所に太尾《ふとお》山がある。小山であるが崖《がけ》が急峻で、両街道を見下ろし監視するには最適の場所である。麓の村落に住む地侍が生産拠点を守るために詰める城ではなく、交通の要衝を押さえる拠点として、この太尾城には六角の直臣《じきしん》が派遣されていた。六角家直臣、佐治《さじ》太郎左衛門尉《さえもんのじょう》である。

翌年、京極高広はこの孤城から佐治を追い出そうとして攻撃した。この知らせを受けた六角義賢は兵を集め、大軍で救援に押し寄せた。とうとう六角軍が戻ってきた。

京極高広は、太尾山の隣にある小山、地頭《じとう》山へ移って応戦し、坂田郡内の諸将や浅井とともに戦おうとしたが、七月二十九日不慮《ふりょ》の死を遂げた。

その後、久政は家臣を六角義賢のもとへ派遣し、六角に臣従を誓った。

結局のところ、三年前に観音寺屋敷で久政が六角義賢と後藤に約束した通りになった。京極高広がどのように不慮の死を遂げたのかは、誰も何も伝えていない。

その後、喜右衛門は京極家を離れ、小谷に屋敷を構えた。浅井氏の居城、小谷城はこの頃、久政の内政重視の政策により、城下町が整備され発展していた。名前の通り小谷は、小谷山の谷間《たにあい》にできた城下町で、山城の麓に武士団の屋敷が並んでいる。喜右衛門の屋敷はその上層に建てられた。浅井家中でも最も信頼できる家臣の一人として認められる存在になっていた。

五章　従軍

弘治《こうじ》二（一五五六）年、京の公家、山科言継卿《やましなことつぐきょう》は駿河《するが》の今川家を訪ねるために旅に出た。数十年に渡って記録してきた日記『言継卿記』を道中も記している。京を出て今川領に辿《たど》り着くためには道中の安全を各国の大名や地域の有力者に保障してもらわなければ、気楽な旅などできない。戦乱の世である。各国の国主がその国を完全に掌握《しょうあく》し、統治しているわけではない。行程《こうてい》に六か国を通る。山城《やましろ》国、近江《おうみ》国、伊勢《いせ》国、海を渡り、三河《みかわ》国、遠江《とおとうみ》国、駿河国である。この戦乱の時代、この広範囲を安全に旅するために何人の保障や許可が必要だったのか。それは、六角義賢と今川義元のただ二人だけである。このうち三河国からの三か国は今川領であった。京を出て南近江から鈴鹿山脈を越え北伊勢へ出て伊勢海を渡るまでは、六角領かその勢力範囲であった。

六角氏の勢力圏は貴族が安心して東国へ旅立てるほどに広がっていた。言継卿は、六角家の家臣、進藤氏が手配した人夫《にんぷ》に送られ、進藤氏の手紙を携《たずさ》えて、南近江から北伊勢へ通じる八風峠《はっぷうとうげ》を越えた。九月十五日、千種《ちくさ》から伊勢海を望む楠《くす》城に着いた。十七日、宿泊した才谷《さいたに》氏の船で伊勢海を渡ったと日記に書いている。すべて六角家臣の手紙が一通あれば、険しい山の峠越えも、他国での面会や宿泊も、船での航海も、安心してできるのである。

北伊勢の四日市庭《よっかいちば》や羽津《はづ》、桑名の港に運ばれた、東国や尾張・美濃の産物は、八風峠や千種峠を越えて南近江へ運ばれ、京周辺で売られた。後に「近江商人」と呼ばれる東近江の保内《ほない》商人らがこの地域の紙の通行権を独占的に得ていた。紙以外に、木綿《もめん》、真綿《まわた》、麻の苧《お》、陶器、塩、海産物などが運ばれた。都や近江からは木地《きじ》の盆や椀《わん》、曲物《まげもの》の桶や器、木炭などが運ばれた。大きな権益がここにはあり、流通の発達により、さらに権益は増していた。六角氏にとって北伊勢の海への通路は、大変重要な経済基盤であった。

北伊勢は北勢《ほくせい》と呼ばれ、有力な国人や土豪が多数いた。北勢四十八家《しじゅうはちけ》と呼ばれ、南伊勢を本拠地とする国主、北畠《きたばたけ》氏から独立した勢力となっていた。六角は古くから伊勢海への通路確保を目指し、たびたび北伊勢に出兵した。北勢四十八家の有力者を取り込むため一族を養子縁組《えんぐみ》して送り込んできた。六角高頼は子に北伊勢の梅戸《うめど》氏を継がせた。千種氏は北勢四十八家の棟梁《とうりょう》であったが、六角義賢の重臣、後藤賢豊《かたとよ》の弟を養子縁組し継がせた。後には重臣、蒲生定秀《がもうさだひで》の娘を伊勢の有力者、関氏と神戸《かんべ》氏に嫁がせている。

こうして、弘治二年頃、六角の影響力は、北近江の浅井を抑え、琵琶湖・若狭湾《わかさ》への通路から北陸や日本海側へ、北勢四十八家を抑え、伊勢海や木曽三川《きそさんせん》の水路から東海や東日本へ、そして、三好との和睦《わぼく》により京への安全な通路を確保し、広大な勢力と経済力を保ち、地域に安定と平和をもたらしていた。

しかし、このような大きな権益を確保することは簡単ではない。この頃、北伊勢には国主、北畠氏の勢力が伸びつつあった。英主と呼ばれた北畠晴具《はるとも》は弘治元（一五五五）年、中勢《ちゅうせい》の長野工藤家を圧迫し、伊勢統一に邁進《まいしん》していた。

また、北伊勢の商人たちの中には近江国の商人がこの地域の通行権を独占することに不満をもつ者たちが年々多くなっていた。北伊勢の蒔田《まきた》商人などの新興の商人たちは、北伊勢の国人・土豪たちとともに、近江の商人たちの横暴を訴えたり、小競り合いを起こしたりすることもあった。

そして、伊勢統一を目指す北畠氏の後押しを受けた、長野工藤氏や神戸氏などの勢力が、北伊勢の不満をもつ者たちと協力し、六角氏の支配に反旗を翻《ひるがえ》した。

言継卿は、今川家で数か月滞在《たいざい》し帰路《きろ》に着いた。駿河を出て三河の常滑《とこなめ》で水野氏の手配によって伊勢海を渡り、北勢の港、長太に着いたと、弘治三年三月十六日の日記に記している。まさにその月、六角氏は北伊勢に遠征軍を派遣していた。六角家の重臣中の重臣、蒲生《がもう》定秀の子、小倉三河守実隆《みかわのかみさねたか》を総大将に三千の兵が、北伊勢の蒔田に近い朝明《あさけ》郡柿城《かき》へ迫っていた。柿城主佐脇宗喜《さわきむねよし》の反乱を鎮圧するためである。その中には六角の命に従い、浅井久政や遠藤、百々ら北近江の軍勢も従軍していた。


木盾の裏に乗せられた負傷兵たちが次々に運ばれてくる。ほとんどの者は矢傷《やきず》を負い、痛みにうめいている。足や腕に矢が刺さっている者、首筋や脇から血を流している者が多いが、岩や石に当たって骨が折れて動けない者たちもいた。

「ぐわあああ、いだああい。やめろおお」

「今抜かんと抜けんようになる。辛抱《しんぼう》せい」

三人掛かりで体を押さえ、矢じりを抜こうとしている。別の所では、傷口にヨモギなどをすり潰したものを塗り、布で縛り付けている。治療されている者も、治療している側も、鎧《よろい》や衣服はどろどろになっている。沼地にはまり、身動きできなくなったところで弓の雨にさらされたのである。石のつぶてを投げつけられたのである。

百々内蔵助《くらのすけ》は、家来たちの惨状を辛《つら》い思いで見回った。無謀な突撃をさせなければならなかった後悔と無念が、その顔に滲《にじ》んでいた。

この地へ到着するや、総大将の小倉三河守の命令が北近江の先兵《せんぺい》に下された。「直ちに突撃し柿城を落とせ」と。柿城への突撃は大失敗であった。

柿城は、北伊勢の北端にある。木曽・揖斐《いび》・長良《ながら》川の三川《さんせん》が交わる大河の下流域である。そこに近い柿城は南西が伊勢海に面し、川や湿地に囲まれた要害の地である。城は小山の上にある。それほど高くはないが、崖は急峻《きゅうしゅん》で郭《くるわ》を三つ配している。城は堀で囲んでいる。さらにその周囲は湿地が点在しているので、大軍で包囲し一気に進攻することが困難な城である。にもかかわらず、若き大将の小倉と副将の千種は、無謀な突撃を命じた。多くの被害を出しただけで、城には何の被害も与えられず、撤退を余儀なくされた。

その後、「堀を埋めよ」という命令がきた。城を総攻めすることが無謀だと分かると、湿地や堀を埋める作業をしなければならなくなった。多くの傷ついた江北軍の兵士たちは、俵に草や土を入れ、湿地を埋める作業を始めさせられた。

「草俵をどんどん運べ」

地元の武士の指示で、多数の者が草俵を両手に持って運んでいく。何日も運ぶ作業を続けたが、まだまだ沼地や堀は埋まっていない。指示や段取りが不手際《ふてぎわ》で、なかなか進んでいかない。運搬人足《うんぱんにんそく》も作業に必要な道具も足りないうえに、交代の計画や敵への備えもできていない。警備も防備もないところに敵の夜襲を受け、作業が台無しになる。

「何をしておるのじゃ。まだ全く進んでおらんではないか。さぼっておったな。早くやらんか」

六角の家臣が、たまに見回って来て、荒々しく怒鳴った。連日の作業で、怪我《けが》をした足が悲鳴を上げる。やっと、この地の商売で利益を得る保内商人に雇われた者たちがやって来たが、それでも作業はなかなか進まない。

総大将、小倉実隆はまだ若い。六角家では別格の重臣、蒲生定秀の三男で、南近江の国人、小倉氏の後継ぎがなかったので、養子に入り小倉家の家督を継いだ。二十歳になったばかりではあるが、今回は、北伊勢の北端の小城を落とすだけの任務である。六角家重臣、後藤賢豊の弟、千種三郎左衛門忠秀が副将としてついている。この機会に功績をあげさせるつもりで総大将として派遣された。だから手際《てぎわ》が悪い。しかも、副将の千種も北伊勢に養子で入り、千種の家督を継いだばかりである。まだ、地元の信頼は得られていないようである。

この様子を見た浅井久政や百々内蔵助らは、軍議を開き、攻略の方法について相談したいと要望した。

軍議は、新緑の若葉が鮮やかな樹々の下に陣幕《じんまく》が張られ、陽光が射す中で開かれた。軍議には大将の小倉、副将の千種、六角家の家臣、北勢の国人衆、北近江からは久政と百々が参加した。始まってしばらくしても、今回の戦の方針や戦略上の具体的な指示は何もない。これではまずいと思った久政は自分が発言する必要があると思い始めていた。その時、久政より先に百々内蔵助が口を開いた。

「今、確かめたいことがござる。この遠征が目指すものは何でござるか。何が何でも柿城を落とし佐脇とその一党をすべて処刑せねばならんのか、降伏させ従わせることが目的なのか。どちらでござるか」

百々の質問に対して、すぐに答える者はいなかった。しばらくして大将の小倉が答える必要を感じとって返答し始めた。

「それは、父上からのご指示では、北伊勢の柿城主が反乱を起こし、神戸氏などもこれに加勢しようとしておる。まず、柿城を落とし、佐脇を従わせよ。従わなければ殺せ。その時、神戸が加勢し、反抗するなら打て、というご指示や」

「ということは、交渉によって降伏させてもよいということでござるな」

百々が尋ねた。

「そういうことやな」

「そもそも佐脇はなぜ反乱を起こしたのでござろうか」

「詳しいことは聞いておらんが」

小倉はそう言うと、事情を詳しく知っている千種忠秀の方を見た。千種は答えた。

「それは、利権がらみじゃ。この地域の商売は近江の保内商人に荷の通行権が認められておる。そのため保内商人は郡役《ぐんやく》の銭も払っておる。じゃが、その掟《おきて》に従わず荷を京へ運び勝手にもうけようとする奴らがおるのじゃ。その抜け荷《ぬに》は、何度も差し押さえておる。そいつらがこたび一揆《いっき》を起こしたということじゃ。じゃから、こんな掟に従わぬ奴らは成敗《せいばい》すべきなのじゃ」

千種の説明を百々は頷きながら聞いた。

「なるほど。そのようなことは許すわけにはまいりませんな」

百々は続けて言った。

「では、城を落とす作戦でござるが、今やっておるように堀や湿地を埋め、最後は総がかりで落とす。じゃが、あれだけの城壁でござる。無理に攻めればかなりの被害になりましょう。さらに、南勢《なんせい》からの援軍が来るようなことになれば、我らだけで事を済ますことができなくなります。そう考えれば、まず誰かが使者となって相手と交渉し、調略することがよいと存ずるが、いかがでござろう」

百々は、そう言うと上座の諸将を見た。

「誰かがと言っても、誰が行くのじゃ」

小倉が言った。どの武将も視線を合わすのを避けている。

「拙者《せっしゃ》が参ります」

返答したのはやはり百々であった。久政もそれがよいと思った。佐脇ら北勢の土豪たちも、命がけで六角に歯向かう以上、相当な不満や言い分があるはずである。そこを丁寧に聞き取り、どのような条件であれば納得できるのかを調停していけば、今回の一揆は抑えられるに違いないと、久政は思っていた。そのような手法で北近江をまとめてきた自信があった。しかし、今回は六角軍に従軍している立場である。どれだけ出てよいか、迷うところがある。だから思案し、発言を控えていた。しかし、百々一人に責任を負わすわけにはいかない。

「儂《わし》もそのやり方が良いと存ずる。総がかりをするにもまだ数日は掛かります。期限を区切り交渉して、調停がうまくいかねば攻めればよい。わが手の者からも百々殿の護衛を出しましょう」

久政がそう言うと、あえて異議をとなえる者もいなかった。

「ならば百々殿に調略役は任すが、期限は三日。交渉の中身については、すべて儂と小倉様に報告せよ。それでよいな」

千種がまとめて軍議は終わった。帰り際に久政は百々に声を掛けた。

「危険な任務でござる。お気をつけて」

「相手も交渉を断てば、一族郎党皆殺しを覚悟せねばならんことは分かっておるやろ」

百々はこれまでに何度もそんな修羅場にあってきた。

「何があるか分かりません。喜右衛門を行かせます」

久政が言うと、百々は軽く頭を下げた。

「ありがたい。磯野も連れていくので、二人に護衛されれば天下無敵でござる」

百々は笑った。

翌日も朝から多数の人夫が出て、湿地と堀の一部を埋める作業を始めた。しばらくして作業が急に中断した。柿城からその様子を見ていた者たちは不審に思った。すると陣幕の敷設《ふせつ》された方から三人の騎馬武者がやって来る。三人ともよい体格をした男たちである。中でも先頭の男は大柄で、見たこともないほど太く長い槍を抱えている。

三人は城の麓まで来ると馬を止めた。

「近江佐和山城主百々内蔵助でござる。柿城主佐脇殿に目通り願いたい」

百々は城から下の様子を覗っていた者たちに向かって大声で二度繰り返した。城兵たちが弓を射る気配はなかった。交渉に応じるかどうかは分からなかったが、その余地はありそうである。かなりの時間、三人はそこで待った。護衛についていた磯野と遠藤喜右衛門は、城壁や周囲の様子の変化に気を配り隙を見せなかった。

「馬と槍はそこへ置いて上がってこられよ」

櫓から声が聞こえた。

「やはり目立つな。置いていけ」

百々は磯野を見て言った。磯野は仕方なく長槍を置いた。三人は急峻な坂を確かな足取りで登った。先頭に磯野が行くとその後を続く二人が見えなくなるほどであった。

磯野員昌《かずまさ》は、佐和山城主百々家に仕えていた。磯野氏はもともと北近江伊香郡磯野村の有力国人であった。員昌の祖父の時、一族の争いで村を出なければならなくなった。そして、坂田郡の百々氏に客将のような立場で仕えるようになった。代々の恩義があった。だから、このような時こそ一族の恩を返す時という思いがあった。百々もこの猛将の才能を見出し一族同様に扱った。

登ったところに一つ目の郭があった。そこへ通された。数人の武士が多数の者に護衛されるようにして待っていた。中央の一番奥にいるのが佐脇のようであった。

「目通りいただき、かたじけなく存ずる。佐和山城主百々内蔵助と申す」

「柿城主佐脇三河守宗喜でござる。よくぞお越しくださった」

二人は挨拶を交わした。佐脇の周りにいる家臣たち殺気立っていた。相手は三人といえどもかなりの猛者《もさ》であることは見ればわかる。いざとなれば互いに命を張ることになる。

三人が不審な動作をしないか、警戒している。

「早速《さっそく》でござるが、こたびの争い、収《おさ》めていただくことはできませんか」

百々が尋ねた。

「我らとて争いとうて起こしたわけではござらん。これまでも何度も訴えをしてきたにもかかわらず、聞き入れてもらえなんだ。もう六角や千種の指図《さしず》を聞いておっては、我ら海側の者は納得がいかぬ。このような非道《ひどう》な差し押さえには、北勢四十八家の大半が反対しておる。いや、北勢のみにあらず。中勢や国主北畠様からも助けを送ると言われておる。国を挙げての決起じゃ。我らとて覚悟の上の決起じゃ」

佐脇は話すにつれて語気を強めた。

「荷物の差し押さえが原因ということは我らも聞いておるが、もともと荷の通行権は近江の商人に与えられておると聞き及んでおるが、そこはどうなのじゃ。そちらが掟に背いておるのではござらんのか」

百々の意見を聞く相手側の者たちすべての顔色が見る見る変わるのが分かった。「それは違う」「間違いじゃ」と、口々に言う者たちを制止するように佐脇は言った。

「百々殿は北近江の方でござろう。事情をお知りでないのはしかたござらん。確かに千種越え、八風越えの通行権は近江の商人にございます。しかし、それはあくまで紙に限ってのこと。我らの荷は真綿や麻でござる。我らは何も違反しておらぬ」

百々は、千種殿が言っていたこととの違いを感じていた。

「では、郡役の銭についてはどうじゃ。それ相応の銭を受け取っておるならば、紙のみに限るというわけには参らんが、いかがでござるか」

百々の言葉に、相手の者たちは皆、首を振っていた。そのような銭は皆受け取っていないと言っているのがすぐに分かった。

「我らは郡役の銭は受け取っておらん。我らが住む朝明郡《あさけ》は東西に長く、西の山側と東の海側に分かれております。郡役銭は、山側の千種に近い杉谷の常心殿に納められておる。常心殿に訊《き》いても、この銭は峠を越すための関銭《せきせん》で山側の者がもらうもんじゃと言うてきかん。千種殿に言うても埒《らち》があかん。どうせ二人で分け合っておるのじゃろ」

百々は、佐脇の話を聞いて状況が分かり始めた。つまり、佐脇らは、公平に商売をさせてくれと言っているだけである。そして、海側の者を掟破りの悪役に仕立てて、一部の者だけが利益を吸い取ることが我慢ならないと訴えているわけである。百々は、自分が六角側の代表としてここに来ているにもかかわらず、今の六角ならばこのような非道がまかり通ってもおかしくはないと思った。しかし、だからと言って、千種殿を追求するわけにはいかないことも分かっていた。この遠征軍の実質的な大将が、千種殿だからである。どのように返答しようかと考えていると背後から発言する者があった。

「そりゃ、非道《ひどう》ござるな。あんたらが反抗するのもよう分かる。これは千種殿が悪いな。それと、きっと千種殿の兄、後藤殿と近江の商人が結託《けったく》してのことやろ」

　突然、味方側の批判を言い出したことに佐脇は驚いた。

「そなたは誰じゃ」

「ああ、申し遅れました。拙者、浅井家家臣遠藤喜右衛門と申す」

　喜右衛門は軽く会釈した。浅井家のことは北勢でも広く知られていた。亮政の代には伊勢に遠征したこともあったからである。

「おお、喜右衛門殿やないか。儂や。覚えてるか。京極様のとこで世話になった。あの時は世話になったな」

「ああ、あの時の伊勢の商人か」

　敵の中に一人、顔見知りがいた。喜右衛門が河内城下にいた頃、年に数回、商売に来ていた男である。この時代の土豪は、農業も商業も従事した。坂田郡は南側で北伊勢と接している。霊仙《りょうぜん》という険しい山があるため普通は行き来しないが、山道でつながっており山伏やこの道を知る者は通ることがあった。

「へえ」

その男は喜右衛門の顔を見て、懐かしさに思わず声を出したが、場違いであったと思い口をつぐんだ。

「では、千種殿の非道を訴えて、正してもらえるのか」

佐脇が尋ねた。

「そんなこと、儂らにできるわけがない」

喜右衛門がぬけぬけと言った。

「儂らもあんたらと一緒や。六角様に従って生きておる。だからあんたらの辛さはよう分かる。けど、従わねば滅ぼされる。だから千種殿と争うわけにはいかん」

「では、どうしろと言うのじゃ。あんたらは六角の名代《みょうだい》で来たんやろ」

佐脇は、喜右衛門を問い詰めた。

「そりゃあ、あんたらが生き残るには、和議を結ぶか、援軍を呼んで戦うかのどちらかや。けど、そう日はない。期限は三日。三日後には堀も埋め尽くし、総がかりする。それまでにどうするか決めることやな。和議を結ぶ条件は、どれくらい千種殿が譲歩するかでござるが、あまり期待はできんやろな。百々様、どう思われますか」

喜右衛門は、百々に意見を訊いた。

「そうやな。銭のことを言い出すと、話はまとまらんやろな。通行権について真綿と麻は保内商人に権利はないということを認めさせるくらいか」

「儂もそう思います。どうでござるか。佐脇殿。海側の商人が真綿と麻を運ぶことができるように話を通すということで譲歩いただけんか。儂らも、あんたらと同じ身やから、最後は大将の小倉様がどのように裁定するかは分からんが、このことは、千種も後藤もあまり公表してほしくはないやろ。何とか儂らでやってみるが、それでどうや」

少しの間、佐脇は考えていたが決意したように口を開いた。

「我らは、郡役銭が欲しゅうて訴えたわけではござらん。今、真綿と麻の商売が成り立つなら何も文句はない。百々様、遠藤様にお預けいたす。もしその条件でまとまるならば納得いたす。じゃが、まとまらねば、伊勢中を巻き込む大戦になり申す」

「佐脇殿。よくぞご決心いただいた。何とかまとまるように致すゆえ、お待ちください」

百々が言った。

すぐに三人は城を下った。下りながら百々は喜右衛門に話しかけた。

「喜右衛門殿。あの時も今日と同じじゃったな」

「佐和山で話した時でござるか」

喜右衛門の返答に百々は頷《うなず》いた。

「あの時は、今日よりも楽な話し合いでした」

喜右衛門は、三年余り前に佐和山城に和議の交渉に行った時のことを思い出しながら話を続けた。

「あの時は交渉に行く前に一度、磯野殿と槍を交わしました。その時、この戦いは意味がないと声をかけたら磯野殿は槍を引かれた。だから、これは話し合えば和議は成ると思っておりました」

喜右衛門は、二人の後で敵の動きを警戒しながら付いてくる磯野をときどき振り返った。

「なるほどな。儂らもあの時、喜右衛門殿がすべて腹を割って話してくれたから開城を決められた。浅井様と喜右衛門殿のはかりごとを聞かされ、儂らもともにやろうと思えたのじゃ」

百々はそう言った。

「しかし、今回はこちらが思うようにはいかんかもしれませんな。相手よりも味方の方が。しかも大将があれでは」

喜右衛門と百々はともに頷いた。話しているうちに、馬を留めたところまで降りて来ていた。

「いざとなれば、こいつでやってしまえばよいのじゃ」

磯野が長槍を取って味方の陣幕に向かって掲げた。

三人は馬にまたがり駆け出した。陣幕に戻ると、千種らがこちらを注目していた。

「首尾はどうじゃ」

百々が床几《しょうぎ》に座る間もなく、千種が訊いた。百々は腰を下ろしながら答えた。

「和議には応じると申しておりました」

集まった者から安堵《あんど》のような声が聞こえた。

「それはどのような条件じゃ」

千種が訊いた。

「佐脇が申すことは唯一つ。近江の商人に真綿と麻の差し押さえをしないように言ってくれということでござる」

百々の言葉に小倉三河守が答えた。

「なんや。それだけのことか。そんなことならすぐにできるぞ」

小倉の言葉に多くの者が頷いている。

「それ以外のことは何も申しておらなんだか」

千種が言った。

「はい」

百々は返事した。少し間をおいて続けた。

「あっ、こうも申していました。この和議がならなければ、伊勢の国中から援軍が来ると」

「誰が援軍を寄越《よこ》すと言っておった」

千種が訊いた。

「国主北畠と、たしか中勢の者と言っておりました。それと、海側の者の不満が大きいと」

千種の動きが一瞬止まった。すぐに思い直したように発言した。

「いや、北畠がすぐに出兵するとは思えんな。やつらの脅しじゃろ。じゃが、海側と言えば、神戸か。神戸なら援軍を寄越すかもしれんな」

「とにかく、国中に戦が広がるのはよくない。佐脇と他の勢力が結びつくのは厄介なことになるやろ。なあ、千種殿。ここは佐脇と和睦してはどうやろ」

小倉が言った。

「はい。真綿と麻に限るという条件で和睦し、神戸などの動きを見て対応すればよいかと存じます」

千種は答えた。

「よし。そうしよう」

小倉が決定すると、軍議は終わった。その後、堀を埋める作業は続けられ、多数の者が駆り出された。

　翌朝、使者が柿城へ向かった。一刻ほどの時間が経って戻ってきた。和議が成ったと知らせが来た。


　その日のうちに作業は中断し、陣所を片付けた。六角軍は撤収し、帰路についた。北勢の千種勢が先頭に、小倉ら江南の六角遠征軍が中段に、浅井ら江北勢は殿《しんがり》で進んだ。伊勢遠征は、緒戦《しょせん》以外はほとんど戦うことなく始末が付いた。久政たち、江北の将兵は、案外早く近江に帰れることになり、安堵していた。先頭を行く千種勢の歩みは遅い。西に向かう街道を通らず、南向きに進路を取っている。途中昼に休憩し、午後になって、また歩みを止めた。久政らは不審に思い始めた。

「なぜ進まんのか。前に行って訊いてこい」

　久政は家臣を千種の所へ行かせた。戻ってきた者が言った。

「今日はここで野営するそうです」

「何じゃと。まだ日は高いし、千種まで戻ろうと思えば戻れるのに」

　しかし、軍の命令なので仕方がなかった。街道沿いに陣所を作り泊まる準備をした。日が暮れ、辺りは暗くなった。三月二十八日の夜である。月は見えず、夜空に星が輝いている。

「あれは何や」

兵たちが遠くに見える灯りに気づいた。火が上がっている。

「あれは柿城の方や」

「燃えているぞ」

確かに柿城が燃えている。久政の所へ喜右衛門が駆け込んできた。

「殿。様子がおかしい。戦準備をした方がよい」

松明《たいまつ》を持つ髭面《ひげづら》の喜右衛門は慌てていた。

「ああ、そうやな。夜襲に備えるよう皆に伝えよ。それと、本陣へ行ってくる。喜右衛門、ここは任せるぞ」

久政は直ぐに松明を手に小倉の所へ急いだ。途中、久政は考えた。

（和睦したはずの柿城が燃えている。しかも、戦は終わったはずなのに千種は帰ろうとしない。どう考えてもおかしい。きっと何か自分たちには知らされていないことが起こっているはずや）

そんな不安を感じながら、本陣に急いだ。慌ただしく準備をする兵たちをかき分けて進んで行くと、前方の千種勢が、なぜか動き始めているようである。暗闇の中を進んでいる。本陣に近づくと、前に小倉の姿が見えた。そばに百々内蔵助もいる。百々が小倉に詰問しているようである。

「これはどういうことか、お聞かせいただきたい」

大声で詰め寄る内蔵助から、小倉は逃げるように馬に乗った。

久政がそこへ駆けつけた。

「小倉殿。何があったのでござるか」

小倉は久政の顔を見た。

「ああ、浅井殿。今、伝令をやったが、一刻を争うゆえ、百々も一緒に聞いておけ。儂らはこれから神戸城へ行く。今なら神戸城が空いておる。神戸の家臣、佐藤が千種殿の調略で寝返り、知らせてきた。だから儂らはすぐに神戸城に入る。江北軍は、ここで待て。よいな」

久政はあまりにも唐突な出来事で理解ができなかった。

「小倉殿、もう少しお聞かせください。まず、神戸はなぜ城を空けているのでござるか」

久政は小倉の馬が動けぬよう制止しながら訊いた。

「柿城の佐脇を援軍するためにこちらに向かっておるからじゃ。敵に気づかれぬよう儂らは闇夜を進む。おぬしらは、ここで火を焚《た》いて待っておれ。敵が来たら迎え撃て」

小倉は早口で言った。

「我らがおとりになれと言うことでござるか」

「そうじゃ。しっかりやれよ」

小倉は手綱を動かそうとしたが、百々が押しとどめた。

「今少しお待ちを。佐脇とは和議が成ったはず。なぜ今援軍に来るのでござるか。あの火は、柿城の火の手は何でござるか」

百々が小倉に詰め寄った。

「ああ、あれは我らが火を放ったのじゃ。和睦と見せかけて城を乗っとり火を放つ。佐脇め、簡単に城を空けよった。おかげで柿城も神戸城も易々と落とせるわ」

小倉の言葉に百々は一瞬固まった。小倉はその場を離れようとした。我に返った百々は小倉を追いかけ、腕をつかんだ。

「何じゃと、あの和睦は偽りじゃったのか。味方の儂らも騙《だま》しておったのか」

百々は悔しさを抑えきれなかった。

「騙したじゃと。味方に悟らせぬのも、軍略じゃ。どけ、どけ、百々」

小倉は、内蔵助の腕を払い、手綱を捌《さば》くと軍に命じた。

「進めー」

小倉は馬を進めた。

「あっ、そうじゃ、佐脇も来るかもしれん。場所が分かるように松明はしっかり焚《た》いておけ」

小倉は、そう言うと、振り返ることなく離れていった。

「くそおお」

内蔵助は悔しがった。自分を信じて開城してくれた佐脇や柿城の者を裏切ることになってしまった。戦乱の世に生き、騙し合いは常套《じょうとう》とはいえ、それでもやりきれなかった。千種は、自分の利権を守るために不都合な和議を初めから潰すつもりでいたのだろう。そうなることも予想せずに和解話を進めてしまった。

「内蔵助殿。今は辛抱しろ」

久政が言った。

「浅井様はいつも辛抱しろとおっしゃる。長い間、我らは境目で辛抱をして参った。いつまで辛抱すればよいのでござるか」

百々の問いに、久政は答えられなかった。

「浅井様、いつか必ず、六角を打ち破ってくだされ」

内蔵助は、暗闇の中でそう言った。

久政は持っていた松明を落とした。闇が深くなり、顔が見えなくなった。かすかな声が聞こえた。

「ああ、いつか」

その時、久政が言える精一杯の答えであった。


その後、浅井軍は、少しでも守りやすい高所に場所を移し、松明を焚いて敵の夜襲に備えた。しかし、敵の夜襲はなかった。

神戸城は、神戸利盛《としもり》の家臣、岸岡城主佐藤中務丞《なかつかさのじょう》と又三郎親子の裏切りにより小倉と千種が乗っ取った。しかし、佐藤の家臣古市《ふるいち》与助が神戸に知らせた。神戸利盛は、その知らせを聞くと、すぐに中勢で最も大きな勢力を誇る長野工藤家に応援を頼んだ。そして、両軍で神戸城を攻めたので、小倉は支えきれずに、千種城に敗走した。

千種の調略で神戸を裏切った佐藤親子は、千種から見放され、河曲《かわわ》郡十宮《とみや》に潜んだ。神戸利盛に許してやると誘い出され殺された。その死体は、薦《こも》に包んで三日市場にさらされた。

伊勢遠征の失敗は、六角にとって大きな痛手となった。南近江から伊勢海へ安全に通行できなくなったことは、六角や南近江の人々の暮らしに大きな影響を与えた。何としてもここを確保をしなければならなくなった六角は、重臣たちを伊勢に派遣し、事態の収拾《しゅうしゅう》を図らせた。小倉の実父、蒲生定秀は、二人の娘を関盛信《もりのぶ》と神戸利盛の弟具盛《とももり》に嫁がせ、姻戚関係を結び、粘り強く説得した。

伊勢遠征は、足掛《あしか》け三年に渡って続けられることになった。その間、こんな苦しく困難で理不尽な日々を過ごした江北の者たちは、皆、密かに囁《ささや》くようになった。

「六角の下風《かふう》に立つまじ」

六章　水攻め

淡海《おうみ》に流れ込むはずの川は、せき止められて流れを変え、渦《うず》を巻いている。濁流《だくりゅう》はゆっくりと大きな沼に吸い込まれていく。人の力で造られたこの沼はかなり広い。村も城も飲み込んでいる。数日前から降り続く雨で水かさは増し、中央に見え隠れする肥田《ひだ》城にはもう誰も近づけない。どんよりとした雲と土色の沼の中にかすかに見えるが、そこに人が生きているのかどうかもわからない。陥落《かんらく》はもう間近のようである。

「もう限界やな。あと少しや」

宇曽《うそ》川の上流の堤に伏せ、喜右衛門はかすかに見える城とその周りの沼や土塁の様子を眺めた。城の周りには巨大な堤が築かれ、そこには満面に水が蓄えられている。

「今夜や」

喜右衛門は、溢れるほどの水量を確かめながら囁《ささや》いた。

「はい」

土色に同化して気配を消していた与左衛門が答えた。

「監視はどうや」

喜右衛門は、振り向くことなく訊いた。

「夜もまばら」

予想通りの答えに頷《うなず》いた。

「やるぞ」

「手はずの通り」

小声で返答すると、与左衛門は姿を消した。

「このまま見殺しにはできん」

野太い声は雨音にかき消されるほどであるが、その表情からは後戻りできない決意が感じられた。その視線の先には水没しそうになっている肥田城がある。厚い雲に覆われて夕陽さえ差し込まないが、そこに高野瀬秀澄《たかのせひでずみ》は生きているはずである。

近江の国のほぼ真ん中、近江盆地の要の位置に肥田城はある。肥田城主、高野瀬氏は、代々六角氏に仕えてきた名族である。しかし、永禄《えいろく》二（一五五九）年、六角氏への反旗を翻《ひるがえ》した浅井氏の誘いに応じて六角に背いた。本拠地、観音寺城の近くで起こった謀反《むほん》に対して、六角義賢は怒り、肥田城を包囲した。

肥田は、近くを流れる愛知《えち》川と宇曽川に囲まれた低地である。この低湿地を利用した肥田城は天然の水の要塞で、守るに易く攻めるに難い。しかもこの頃、六角氏はまたもや都で三好氏との対立を抱え、大規模な軍事行動を起こす余裕がなかった。そこで、六角義賢が考えたのが水攻めであった。永禄三年四月三日から肥田城の周囲に土塁を積み上げて囲い、両川をせき止めた水をこの囲いの中に流し込んだ。周囲五十八町に渡る前代未聞の規模である。

窮《きゅう》した高野瀬は浅井氏に救いを求めた。

喜右衛門は、もう一度沼の水かさを確認すると静かに堤を離れた。田の緑は鮮やかで、稲穂が実り始めていた。鋤《すき》を手に、田んぼの畦《あぜ》を見回るようにしばらく歩いた。雨かさを目深にかぶり歩き続けたが誰にも会わなかった。田んぼが続く先に小屋があった。そこに隠しておいた馬に乗った。二里ほど駆けて荒神《こうじん》山の麓まで引き返した。曇天《どんてん》で日中からも薄暗かったが、もうすっかり日は落ちていた。喜右衛門が馬を降りると、麓の茂みから一人の男が出てきた。もう暗くてほとんど見えないが、喜右衛門はその男に手綱《たづな》を渡し、ゆっくり山林の中に姿を消した。

「どうだ」

山林に足を踏み入れると、暗闇から声が聞こえた。聞き覚えのある声である。戦場で聞くと、心強くなり勇気が沸く。

「やるぞ。今夜、やる」

闇からの声に答え、覚悟を決めた。

「よし」

返事とも吐息ともとれるような声が、周りからいくつも聞こえた。暗闇に目を凝《こ》らすと、何十ものギラギラした目がこちらをにらんでいた。数十人の武士たちが、荒神《こうじん》山の麓に潜んでいた。木々の合い間に馬を繋《つな》ぎ、その時を待っている。雨の雫《しずく》が、時々枝から滴《したた》り落ちる。雫は、木陰に立っていると少しましであるが、梅雨の時期でも体に凍みてくる。武《む》者震《しゃぶる》いなのかそれとも本当に寒いのか、時折ぶるぶると体を揺する者たちがいる。水滴が周りに飛び散る時に蒸気が上がる。雨と闇の中ではあるが、集団はどこか熱を帯びている。

「磯野殿。今、与左衛門が引き込み口に向かっている。敵の監視も薄い。手はずが整い次第やるぞ」

喜右衛門は、闇の中にかすかに見える人影の中でもひときわ高く大きな影に向かって声をかけた。

「おお」

自信に満ちた声の主《ぬし》は、身の丈《たけ》六尺を超える。その影は、真っすぐにこちらを向いている。

「磯野殿、お主には負けへんで。敵は儂《わし》らがやっつける」

別の方向から年配のしわがれ声が聞こえてきた。

「嶋の親爺《おやじ》さんは無敵やな」

磯野は、嶋秀安が対抗意識を燃やすのを感じながらも明るく返答した。

「親爺殿。今夜の目的は城を救うこと。敵と戦うことと違う。敵は土と水や」

喜右衛門は嶋をたしなめた。喜右衛門と嶋秀安は、同じ坂田郡の土豪であるが、磯野氏はもともと伊香郡の出身である。浅井家中で発言力を高める磯野に対して、年配の嶋は対抗意識を持っている。

「喜右衛門、わかっておる。じゃが、いざという時は磯野より儂に任せろ」

嶋にも今夜の使命の重要さはよく分かっていた。それでもよそ者に負けるかという思いが強かった。

「今夜の成否《せいひ》が近江の運命を決める。皆で手はずの通りにやれば、きっと肥田城を救える。嶋殿も、必ず手はず通り頼みますぞ」

喜右衛門の言葉に、多くの影が頷いた。嶋の低い返事も聞こえた。そして、その後は誰も話をしなくなった。深い沈黙の中で、雨音はますます激しくなった。

暗闇の中、喜右衛門は、あの雨の日のことを思い出した。

あの日も激しい雨が降っていた。昨年の永禄二（一五五九）年三月末、喜右衛門は百々や磯野とともに雨に打たれて、小谷城に駆けつけた。城には久政や一門の政澄《まさずみ》、赤尾、丁野《ようの》、安養寺《あんようじ》らの重臣が待っていた。その中には元服したばかりの猿夜叉もいた。六角義賢の一字をもらい賢政《かたまさ》と名乗らされた。六角の宿老、平井氏の娘と婚姻させられた。伊勢の一族たちが六角の家臣との婚姻関係を結ばされ、支配されていくのと同じ扱いであった。息子の代になっても臣従し続けようとする久政の方針に対して、あの日、ついに家臣たちは決起を迫った。

「浅井様。いつまで辛抱し続けるおつもりか」

百々内蔵助は、久政に詰め寄った。

「このまま六角の家臣の嫁を受け入れれば、あの伊勢の者たちと同じようにいつまでも六角の家来扱いされるのでござるぞ。浅井様、あの夜、儂に返事してくださったではござらんか。いつか六角を倒すと言ってくださった。それは、今しかございません。どうか、やると言ってくだされ」

百々は、久政に決意させようとしていた。きっと久政は決意してくれると信じていた。周りに集まった者たちも、皆「やりましょう」「今しかない」と言って身を乗り出した。久政が決起すると答えてくれることを期待した。久政は、重い口を開いた。

「儂は、まだやと思う。この二十年、儂なりに頑張ってやってきた。地域も豊かになってきたと思う。しかし、今、我らに味方する者を何人集められるのじゃ」

久政は、この二十年間の努力を後悔してはいなかった。頑張ってやっとここまで来れたことに悔《く》いはなかった。全員を見渡し、話を続けた。

「集まって四、五千じゃろ。六角はその三倍は集まる。本当に勝てると思っておるのか」

久政は三十代半ばの壮年になっていた。その発言には重みがあった。場の空気が重くなった。

「儂は、もっと接近しているのではないかと思う」

発言したのは、喜右衛門であった。

「確かに今すぐ合戦となればそれくらいの差はあるかもしれん。じゃが、今、六角は京で争っておる。六角に嫌気がさしておる者も多い。浅井様が立てば味方する者が必ず出てくる。勝てないことはない」

喜右衛門の発言は、家臣たちを勇気づけた。「そうじゃ」「きっと勝てる」「やりましょう」と、皆が言った。そして、久政を注目した。

「それは、賭《か》けじゃ」

久政が言った。

「そうじゃ。賭けるんや」

磯野が言った。久政は、その発言を手で制しながら言った。

「それは、何を賭けるのか、分かっておるのか。領民の暮らしじゃ。領民たちの命じゃ。負ければ、領民の暮らしは、今までのようにはいかなくなるのじゃ。本当に分かって言っておるのか。儂が六角に臣従しておっても、それは儂らが辛抱すればよいことじゃ。確かに賢政には苦労を掛けた。お主らにも辛《つら》い目にあわせたじゃろう。じゃが、それで江北の領民は栄えたのじゃ。我ら浅井が江北を治めておる限り、六角も耐えられぬほどの難題は吹《ふ》っ掛《か》けはせん。あまりにも酷《ひど》ければ、儂が頼んでくる。それで領民の暮らしは成り立つのじゃ。それを賭けるほどの勝算が本当にお主《ぬし》らにあるのか。何と言われようとも、儂には決断はできん。今はまだじゃ」

久政の決意は、簡単に揺らぎそうに思えなかった。重い空気の中で発言したのは、喜右衛門であった。

「殿のお考えはよく分かり申した。確かに殿がこの二十年でやってこられたことを思えば、その思いは、よく分かる。儂らが、浅井様の決断をどうこう言うことはできんことじゃ」

喜右衛門が、そう言うと落胆《らくたん》の表情を浮かべる者もあった。

「じゃが、殿が若かった頃のことや、この二十年を振り返れば、決断できる方はもう一人いると、儂は思う」

喜右衛門はそう言った。一瞬、喜右衛門を見た久政は目を閉じた。そして、喜右衛門は言った。

「賢政様は、言うことができる。そうやろ。殿」

久政は、しばらくじっと考えていた。一瞬で脳裏にいろんな場面が思い浮かんだ。そして、ゆっくり目を開いた。

「そうやな。その通りや。賢政。お前はどう思う」

それまで皆の発言をじっと聞いていた賢政は口を開いた。

「父上は戦わず、俺が戦えばいいと思います。そうすれば、もしも、もしも万が一負けたとしても、父上ならば、その後も何とかできる。父上が生きていていただければ、領民の暮らしを救うことができるんやないかな、そう思います」

賢政は、そう言った。その言葉を噛《か》みしめた者たちは、皆、溢れる思いを胸に留《とど》めておくことはできなくなった。

それが、もう一人の浅井の決断であった。

滴る雨音が聞こえる中、喜右衛門はあの日のあの言葉を思い出した。何度思い出しても賢政の決断に心が震えた。この若者は、家臣たちの思いに応えて、自分の命を賭けてくれた。しかも領民のために自分の命を犠牲にしてもいいと言ってくれた。そうさせたのは自分である。命の決断に報いるために、何としても勝たねばならない。この水攻めを成功させてはならない。

喜右衛門は、失敗の許されない今夜の行動を、何度も何度も確認した。肥田までの道筋、土塁の具合、水かさ、雨あし、監視の状況、そして与左衛門は首尾よくやっているだろうか。もう引き返すことはできない。何とかするしかない。高野瀬を救えるかどうか、この前代未聞の水攻めを失敗させられるかどうか、浅井の命運はこれにかかっている。六角を見限《みかぎ》り、浅井の味方になる者をどれだけ増やせるか。できるか、できないかではない。やるしかない。雨あしは、さらに強くなってくる。この様子なら水かさは増しているはずだ。与左衛門ならきっとうまくやっている。強まる雨音を聞きながら、何度も繰り返し考えた。

そして、村々が寝静まる頃、山林に不意に男が入ってきた。音もたてずに静かにこちらを見ると、男は言った。

「引き込み口を開けてきた。もうかなり増水しているはずや」

暗闇でも、その声が誰のものかはすぐに分かった。与左衛門は手はず通りにやっていた。

「よし」

やるしかない。喜右衛門は一本の鋤《すき》を手にすると、低い声で言った。

「参るぞ」


「わっはっはっは。どうじゃ、いよいよ高野瀬も終わりじゃなあ」

多くの家臣たちを前に上機嫌で高笑いをしている。

「こんな壮大なことができる者は、日《ひ》の本《もと》広しといえどもこの儂だけじゃろうの。これぞ湖国近江の国主にふさわしい作戦じゃ」

六角義賢はご満悦である。酒杯を掲げ一気に飲み干した。さらに、自ら瓶子《へいし》で盃《さかずき》に酒を注ぎながら楽しげに話を続けた。

「水攻めとは恐ろしい作戦じゃ。溺《おぼ》れて死ぬのは苦しいぞぉ。皆は、高野瀬のようにはなりたくなかろう。おおっとっと、水攻めじゃ、水攻めじゃ、はっはっは」

盃から酒が溢れ出るほど注ぎながら、おどけて周りを見渡した。

肥田城から南西に三里ほど離れた観音寺城下の屋敷に主な家臣たちを集めていた。広間には多くの家臣が集い、宴《うたげ》を催《もよお》していた。広間を照らす灯りが揺れて、家臣たちの顔が照らされる。義賢ほど赤ら顔で上機嫌な者はいない。蒲生、後藤、平井ら六角を支える重臣たちがいる。栗田、小倉、そして目賀田《めかた》もいる。

「目賀田、どうじゃ。おぬし、堤をつくるのはいやと言っておったが、この有り様を見れば、やっぱりつくってよかったじゃろう」

返事はない。

城の周りを取り囲む堤は五十八町に及ぶ。横幅は広いところで十三間《けん》ある。一地方の領主ができる規模のものではない。国政を左右した六角の権力を示す規模である。工事は、土塁の内側から掘り始め、その土を盛り上げていった。弓矢が飛び交う中、背丈近くまで積み上げると、次に外側に回ってさらに積み上げげた。土塁の高さが肉体にこたえた。作業は、六角が支配する村々に割り振られ、多数の民が駆り出された。しかし、農作業の合い間の工事である。国主の思いつきのようにはなかなか進まなかった。

もともと前代未聞のこの作戦を理解できる者などいなかった。何のためにこんなことをしているのかと思っていた。しかも毎年のように京や伊勢へと駆り出され、もううんざりしていた。目賀田氏も、有力な家臣の一人であったが、堤の建設作業を途中で引き上げた。

「目賀田、返事が聞こえんのお」

目賀田は、六角家の家臣たちの後ろの方に座り、視線を合わせず知らぬふりをしている。先月は、義賢と喧嘩騒動《けんかそうどう》になりかけた。その時は何とか周りの取りなしで大事にはならなかった。しかし、義賢はまだ根に持っている。

「目賀田。父上に返事しろ」

まだ声変わりしたばかりの少年が声をあげた。六角義賢の嫡男《ちゃくなん》、義弼《よしすけ》である。形の上で家督は、元服したばかりの義弼に譲られていた。主君の威厳を見せようと、目賀田をにらみつけた。

目賀田は、もうはじめから、だんまりを決め込むつもりでここへ来ていた。そのことは、間に入って仲介した栗田や、重臣の平井定武《さだたけ》、後藤賢豊《かたとよ》らも了解している。だから、ここはこれ以上触れずにやり過ごそうと思っていた。しかし、まだ若い義弼には、主従の微妙な機微《きび》が分からない。もともと義弼は人の気持ちを気にしない。だんまりのままの目賀田をさらに追求しようとしていた。

しかし、その前に後藤が話題を変えようと話に割って入った。

「大殿、これはもう、古今に例のない大作戦になりましたな。この雨なら高野瀬ももう降伏するでしょう。六角の水攻めはきっと後世に語り継がれましょうな」

周りの者たちも状況を察して、相槌《あいづち》を打ったり、賛同の声をあげたりした。わが意を得たりと義賢は、すぐに話に乗った。

「そうじゃ、そうじゃ。これで、戦わずして勝てるのじゃ。味方を失わず、勝利する。これぞ軍略というものじゃ」

上機嫌の義賢は、息子の方を見ながら話を続けた。

「しかし、高野瀬も驚いておるじゃろうの。まあ、こんな攻め方を思いつく者は他にはおらんからのお。高野瀬は確かに武勇ある家臣だったが、頭がちょっと足らんな。もっと足らんのは猿夜叉じゃ。思慮の浅い、体だけ大きな、浅井猿夜叉め」

義賢は反旗を翻した浅井を忌々《いまいま》しく思っていた。

「たしかに奴の祖父は、気配り上手な賢いじいさんで、儂の父も手を焼いたそうじゃが。所詮《しょせん》、村祭りのまとめ役程度の者よ。父は手を焼いたが、儂は水攻めじゃからな。火傷《やけど》はせんぞ。わっはっはっは」

義賢はまた高笑いした。

「皆もこの半年あまり、苦労をかけたな。それもこれも、あの恩知らずの浅井猿夜叉のせいじゃ。高野瀬の次は猿夜叉じゃ。もっと苦しい思いをさせてやらんとな。六角に逆らったらどうなるのか。見せしめにしてやる」

主君《あるじ》の様子を見た後藤が発言した。

「雨で水の勢いも増しておるようです。もう逃げられんと観念するでござろう」

後藤は話を続けようした。しかし、その発言にかぶせるように義弼が立ち上がった。

「皆の者」

若い声の主《ぬし》は、拳《こぶし》を握り、緊張した面持《おもも》ちで繰り返した。

「皆の者。今夜こそ肥田城を水没させる。一族根絶やしだ。今夜必ず決着をつける。今夜必ずだ」

義弼は、初勝利を目前にして気合いが入っていた。こだわりの強い性格に加え、焦《あせ》ってもいた。初陣以来この数か月、まだ華々しい戦果を上げていない。むしろ失敗続きである。

息子のそんな思いを察しつつ、義賢が話し始めた。

「そうじゃ、いよいよ高野瀬の最後じゃ。じゃが、勝負を焦りすぎてはいかん」

義賢は、息子の側で訳ありげに説明を始めた。

「一気に水を入れすぎると、逆に堤が切れる。両方の川の引きこみ口で上手く水量を調節することが肝心じゃ。水を入れる量を増やしすぎると側壁《そくへき》が保《も》たぬ。ほどほどにやることじゃ。水かさは思いの外《ほか》、一気に増える。ひとたび水が堤を越えて流れ出せば、水は土を洗い、あっという間に堤は崩れる。この名高い六角の水攻めを成功させるためにも、皆の者には十分に注意してもらわんとな」

水攻めの発案者らしく、一通りの注意点を説明した上で息子に注意した。

「義弼。焦るでない。急《せ》いては事をし損じる。自然を扱うことはなかなか難しいものじゃ。ゆっくり、徐々に、自然にやることじゃ。今日中に城を落とそうと焦りすぎると、堤が保たん。分かるな」

義賢が義弼を諭《さと》した。しかし、この息子はどこか表情が読み取れない。日頃から息子のことを気にかけてきた。心配してきたと言ってよい。息子の顔が先ほどから曇っているように見える。義賢は不意に心配になった。

その様子を側で見ていた後藤がその気持ちを察したのか、声をかけてきた。

「大殿。拙者、今から堤の様子を見て参ります」

重臣の発言に義賢はほっとする思いになった。

「おお、賢豊。お主はよう気が利くのお。いやいや、しかし今夜はもうこんなに遅い。もう今夜はやめておこう」

義賢は今夜は上機嫌であった。気の利く飲み相手が欲しかった。

「殿のお気遣いはありがたいことですが、今夜は水攻めの勝負どころ。それに少し気にかかることもございますので、やはり見て参ります」

「おお、そうか。そうしてくれるか。賢豊が行ってくれるなら、安心じゃ」

義賢はそう言った。

「じゃが、せっかく用意もしたんじゃ。もう一杯、ゆっくりやってからの」

そう言って、瓶子を持って酒を注ぎに来た。後藤は畏《かしこ》まって盃《さかずき》を取った。

その後、義賢は水攻めを発案した経緯《いきさつ》や注意すべきことなどを話しながら後藤たちと酒を交わした。後藤は、不安な気持ちになりながらも大殿の話をしばらく聞いた。その時、妙に若殿と目が合った。日頃あまり視線を合わすことのない若殿が何度もこちらを見てきた。ますます不安な思いになった。

半刻余りして義賢の話がひと段落すると、後藤は席を立った。堤のことが気にかかっていた。外は相変わらず雨が降り続いていた。家来に雨具と馬の準備をさせ、屋敷を出た。酔うほども飲んでいなかった。足下《あしもと》がふらつくようなことはなかった。数人の家来とともに三里ほどの道を馬でゆっくり進んだ。雨は少し弱まってきた。それでも前を行く家来が持つ松明の灯りは雨に濡れて弱まり、思うように闇夜を進めない。もどかしい思いでようやく愛知川に到着した。川は上流でせき止められている。せき止められた水は大きな沼となって溜まり、一方で肥田城を囲む堤に流し込まれる。溢れる水は愛知川下流に流されていく。その水量の調節を引き込み口で行っていた。

川の水かさが思った以上に増えている。後藤は慌てて堤への引き込み口まで駆けていった。

「なんじゃ、これは」

心配したことが起きてしまっている。

「早く来い」

馬の足音に気づき、急いで出てきた番所の者たちに声をかけた。

「水を止めろ。堤が溢れるではないか。向こうへ流せ」

番所の役人は、慌てて引き込み口へ駆け寄って来た。そして、水が大量に堤に向かって流れ込む様子を見て驚いている。後藤は叱責《しっせき》するように叫んだ。

「なぜ全開にしているのじゃ」

役人は目を丸くして狼狽《ろうばい》するばかりである。後藤は、ふとさっきの若殿の曇ったような表情が脳裏《のうり》をよぎった。馬から下りて役人に近づいた。

「若殿の命令か」

後藤は、役人の耳元で訊《き》いた。

「若殿が水量を増やせと命じたのか」

繰り返し詰問し、役人の目をのぞき込んだ。

「いや、こんなはずでは」

役人の目は定まらず、どうしてよいのか分からない様子でおろおろしていた。

後藤は、今、番所の役人を追求している場合ではないと思った。追求しても意味がないと感じた。

「すぐに止めろ。川の下流に流せ。これ以上堤に流してはならん」

すぐに仕事にかからせた。役人たちは、慌てて仕事に散らばっていった。

「とにかく急げ。急ぐのじゃ」

騒動を聞きつけて多くの者が駆け出てきた。周りの者に指示をしながら、後藤は馬に乗った。もう一方の宇曽川の引き込み口にも急がねばならない。水が堤から溢れ出ては大変なことになる。すぐに止めなければならない。後藤は、馬上から堤の様子を見た。水はもう溢れるほどの水位になっている。しかし、水面《みなも》は真っ暗である。松明をかざして遠くをじっと見たが、対岸までは見通せない。すぐに馬を進めた。

雨が降り続いた後の足場の悪い道を、松明をかざして急いだ。先が見えない暗闇で手綱を引いていると、さらに不安が込み上げてきた。この先、六角はどうなっていくのか。若殿を立派な当主として育てていくことができるだろうか。六角を見限っていく者たちを食い止めることができるだろうか。

しかし、それでも六角を支えていくしかない。これまでもずっと六角を支えてきた。昔は将軍に目を付けられ天下を敵にまわした時もあった。それでも代々に渡って六角を支えてきた。そうやって自分たちが近江を守ってきたからである。


喜右衛門は、堤の上に伏せて水かさを確かめた。土塁の上には藁《わら》のむしろが一面に被せられている。水が流れ出るときに、土を洗い流し、削り取ってしまわないように土面《つら》を保護するためである。むしろは雨で濡れ、顔を近づけると、泥水がにじみ出た。

堤の中の水かさはもう溢れ出るほど一杯になっていた。

「音を抑《おさ》えよ。取りかかれ」

数十人の者たちは、その低いかけ声で、すぐに役割に分かれて動き出した。土塁を覆《おお》うむしろをはがす。十間ほどある土塁の表面を削る。鍬《くわ》や鋤《すき》は振り上げず、低い姿勢で掘る。音は漏《も》らさない。夜間、六角の巡視は減っていた。夜通しやれば、溢れ出るほど掘り崩せるだろう。それくらいもう水かさは増えている。六角の士気は落ちている。

しかし、下流側の堤は頑丈で広く高い。掘っても掘ってもなかなか進まない。雨なのか、汗なのか、皆焦る気持ちでしたたるものを拭う間もない。もうどろどろである。夜中でも蒸し暑く、皆の呼吸が荒くなる。かなりの間、掘り続けた。掘ったところに堤から水が入り込んできた。一気に水流が起こるように、内側から順に掘り進めている。

途中、予定通りの時間に敵の巡視が回ってきた。強い雨の中で異変には気づかずに、ひと通り巡回すると、番屋に帰って行った。戻るのを確認すると、また作業を続けた。雨あしが弱まってきた。そのことにも気づかぬほどにどろどろになり、男たちは黙々と作業を続けた。

深夜になって異変が起きた。表面から泥水が少しずつ溢れ出し、流れ落ち始めた。

「人の声や」

与左衛門が低い声を上げた。喜右衛門は手を止めて顔を上げた。堤の上流側で灯りがいくつか動くのが見えた。そして、何か叫ぶ声がする。引き込み口の異変に気が付いたのかもしれない。

「その場に伏せよ」

喜右衛門は、伏せながら上流を見た。小さくてよく分からないが、愛知川の引き込み口で人が慌ただしく動いているようである。馬に誰かが乗った。そして、こっちを見ている。

「動くな」

皆、息を止めた。馬に乗った人物は松明をかざしてこっちを見ている。目と目が合ったような気がした。しかし、その人物は動き出し、見えなくなった。

「始めよ」

喜右衛門は、迷いながら指示を出した。上流の引き込み口が全開になっていたことを不審に思えば、すぐに堤の周りに監視が回って来るかもしれない。いつもの予定ならまだ巡回は来ないはずである。しかし、番屋の者も上流側の騒動に気づいて監視に動き出すかもしれない。

初めはちょろちょろと流れ出ていた泥水が、少しずつ速く流れ始めた。番屋は、少し離れたところにある。まだ異変には気づいていないようであるが、堤の泥を洗い流すほどの水流が出るには、もうしばらく時間がかかりそうである。

喜右衛門は焦った。

「急げ。堤の外側から鍬を入れろ。近くに音が聞こえてもよい。思い切りやれ」

喜右衛門の指示に従い、十数名が堤を降りた。

「磯野殿、敵が来たら頼む」

周囲の様子と作業の進行を確認しながら、磯野に声をかけた。磯野は頷《うなず》くと堤を降りた。

「喜右衛門。儂も行くで」

今まで堤の上でどろどろになって土を掻《か》き出していた嶋秀安が、磯野の後を追うように堤を降りて行った。

「親爺さん。頼む」

喜右衛門は、磯野の後を追う嶋に声をかけた。

「おお。奴だけに任せとけんで」

嶋は百姓姿の裾《すそ》の泥を払い、置いた槍を拾って番屋の方向に向かった。

堤の外側から男たちが鍬《くわ》を入れ始めた。農村で暮らす地侍である。日頃は鍬仕事に励み、戦に備えて心身を鍛える屈強な男たちである。振り上げ、勢いよく振り下ろされた鍬が、ガサッ、ガサッと音を立てた。真夜中の暗闇の中でその音は周囲に響いた。近くの番屋にも届くほどである。しかし、すぐには監視は来なかった。

堤の内と外の両側から掘り続け、かなり掘り進めることができた。内側の水を勢いよく外に流し出すことができれば、泥水の勢いが土塁を崩してくれるに違いない。もう少しである。

その時、番屋の方向が明るくなった。ついに異変に気がついたようである。急がねばならない。

「急げ。もう少しだ。上も立ち上がれ。全員で思い切りやれ」

喜右衛門のかけ声で、堤の上にいる者たちも皆が立ち上がり、鍬を振り上げ、鋤《すき》を突き立てた。広大な沼に立ちはだかる男たちの小さな影が写った。堤の反対側からでも、目を凝らし、耳をすませば、その様子は確認できるほどになった。ひと掘り、ふた掘りするたびに土と泥水が飛び散り、ひと突き、ふた突きするたびに、堤の水が溢れ出た。土塁の上から流れ出た水は、徐々に滝のようになり、大きな水音を立てて外側に流れ落ちた。

番屋の者が、この水音に気づき声を上げているようである。

喜右衛門は作業の手を止めず、番屋の方向を覗《うかが》った。すると、いくつかの松明が揺れながらこちらに向かってくるのが見えた。とうとう来たか、と喜右衛門は思った。しかし、誰も手を止めはしない。なりふり構わず掘り続けている。もう、一刻の猶予《ゆうよ》もないことは分かっている。松明の灯りは揺れながら近づいてくる。しかし、その直後、灯りは落ちた。喜右衛門は思った。きっと磯野と嶋が始末したに違いない。あとどれほど時間を稼いでくれるだろうか。

誰もが、もう時間がないことは分かっていた。流れ飛ぶ泥水を浴びながら必死で鋤を振り上げた。もう少しだ。この表面の土を洗い流すほどの水流が起これば、敵も止めようがない。あと少し。

しかし、敵の多くが堤の異変を知り、動き出しているようである。もう猶予はない。喜右衛門は必死になった。両手で持った鋤を振り上げ、流れ出ようとする泥水の底に突き立て、泥を押し出した。また、突き立てた。唸《うな》り声をあげてまた突き立てた。

その時、堤にできた裂け目が広がり、大きな泥の固まりが崩れ出た。固まりが濁流《だくりゅう》に押し流され、堤の外へ崩れ落ちた。

喜右衛門は流れ出る土砂から身をかわしながら堤の様子を確かめた。崩れ落ちた土塁の間を濁流が激しく流れ落ち、周りの土を削り取り、土塁がさらに崩れていく。

「よおし。もういい。引けえ」

堤の上から叫んだ。

「引けえええええ。引けええええ」

周りに響き渡る声で叫んだ。

浅井の武士たちは、次々に堤から駆け降りた。周囲を監視していた者たちが馬を連れて集まってきた。水は堤の土を削りながら勢いを増して溢れ出てくる。

「喜右衛門殿」

槍を掲げて磯野が馬上で呼んでいる。喜右衛門は駆け寄ると、その馬にまたがり磯野にしがみついた。馬はすぐに駆けだした。数十人の一団は、跳ねあがる泥水を背に、つぎつぎ消えた。

間もなく六角の者たちがやって来た。堤を崩すように濁流が溢れ落ちる様子を見上げた。

「おい。上がれ。上がって水を止めろ」

そう叫ぶ者がいた。数人が土塁を駆け上がり、堤の上に立ったが、為《な》す術《すべ》がなく途方《とほう》にくれた。

「もう無理やああ」

そう叫んだ時、土塁が大きく動いた。堤が動き、地面ごと水が流れ出した。堤の上に上がった者は投げ出され、周りの者も逃げ出した。

決壊が起こった。地鳴りのような音と震動をともなって堤が崩れた。嗅《か》いだことのないむっとする臭いとともに大量の泥水が流れ出て下流の村を飲み込んでいった。

肥田城水攻めは失敗した。決壊が起こった原因も含めてすべてが飲み込まれてしまった。なぜ決壊したのか。なぜ増水したのか。決壊が起こった下流を見張っていた者は、責任を上流の水位管理の失敗に押し付けた。水位管理者は、指示通りにしていたと言い張った。

様々な疑念だけが残されたまま、前代未聞の水攻めは終わった。

七章　決戦

水攻めに失敗した六角は、武力を誇示《こじ》しなければならなくなった。力を見せつけなければ六角を見限《みかぎ》り、離れていく者がさらに増える。六角の全軍で武力攻撃することを決めた。稲刈りを終えて江南全域に出兵を命じた。その情報を察知した浅井は決戦のために江北全軍を肥田《ひだ》城に集結した。

永禄三（一五六〇）年八月、近江を南北に分けた両軍は決戦の時を迎えた。

秋晴れの空に鱗雲《うろこぐも》が広がる。朝日が、刈り取られた田や野原、堤の廃墟《はいきょ》を照らす。

肥田城は愛知《えち》川と宇曽《うそ》川の二本の川に挟まれた湿地帯にある。宇曽川は、南東から流れてきて肥田で北に向きを変える。愛知川は、南東から流れてきて肥田で西に向きを変える。つまり二本の川と川の距離は肥田で最も近づき、その後、下流になるにつれて離れていく。このような地形が肥田城を川と湿地に挟まれた天然の要塞としていた。

肥田城を攻める場合、東側と西側から攻めようとすれば、川を渡り湿地を越えて攻め込まなければならない。天然の堀や土手に阻《はば》まれて進攻に手間取る。そこへ弓で射掛けられ大きな被害が出る。また、南東側から攻めるには、二本の川と川の間隔が狭いため大軍が展開する場所がない。縦長の隊列で突撃することになるので、次々に弓で射掛《いか》けられ倒れた味方の兵を乗り越える羽目《はめ》になる。

結局のところ、大軍が展開して攻撃できる場所があるのは、肥田城の北西側、つまり下流側しかない。

浅井軍は肥田城を背にして、下流側に展開する六角軍の侵入を、川や湿地と堤の廃墟を利用して防ぐように陣取った。一方、六角軍は、二本の川に挟まれた下流側の広い低地に陣取った。そこが野良田《のらだ》である。名前の通り野原や田んぼが広がる場所であった。ここを決戦場にしようとしていた。

浅井軍は約六千。先陣には百々内蔵助、磯野員昌、丁野若狭守《ようのわかさのかみ》が陣取った。そして後陣には、浅井賢政の本陣を中心に赤尾、上坂《こうさか》、今村、安養寺《あんようじ》、弓削《ゆげ》、本郷、堀、今井らがその前後左右をかため、廃墟となった堤や二本の川とその堤防などの障害物を巧みに使い、防御陣形を形成した。遠藤喜右衛門は浅井賢政の本陣にいた。

対する六角軍は約一万三千。第一陣は、蒲生賢秀《がもうかたひで》を先鋒に、永原、進藤、池田が布陣し、第二陣は楢崎《ならさき》、田中、木戸、和田、吉田らが、そして、後陣に六角義賢が本陣を構え、後藤賢豊《かたとよ》、箕浦《みのうら》、田崎、山田、小倉らが固めた。倍以上の大軍を擁《よう》する六角軍は、陣形を左右に広く展開して布陣しようとしたが、二本の川に挟まれて窮屈な布陣にならざるを得なかった。

昨日、六角義賢は諸将を集め、軍議を開いた。陣幕の中に六角家の家臣団が居並び、義賢の指示を聞いた。

「この戦いは、必ず勝たなければならんぞ。全軍を挙げて六角の力を見せつけるのじゃ。だらだらと長期戦になって引き分けというのは駄目じゃ。分かるのお。そこで、これを見よ」

義賢は陣幕に張り付けた一枚の図面を見せた。それは墨で描かれた肥田場周辺の地図であった。地図には二本の川が漢字の「八」のように大きく上から下に末広がりで、図面一杯に描かれている。

「ここに肥田城がある」

義賢は「八」の字の一番上を采配《さいはい》の先で指し示した。

「浅井はこの中央、わが軍はここに陣取っておる」

そう言って「八」の字の下部の広がった間を指した。

「勝つための方法は二通りあるぞ。さあ、どういう方法か分かるかのお」

義賢は、集まった多数の六角家臣団を見渡した。家督を相続した義弼を始め、蒲生、後藤、進藤らの重臣たちや、まだ若い家臣たちも顔を並べていた。近江の武将はもちろんのこと、北伊勢からも呼び寄せられた。後藤の弟、千種忠秀の姿もあった。全員を見渡すことができないほどの人数であった。六角家臣団の総勢が集っていた。義賢は見渡しながら、これならば、間違いなく勝てる、と思った。

義弼が答えられるようなら、指名してやろうと思ったが、近頃、息子は自信を無くして人前であまり発言しなくなった。今も目を伏せている。息子を指名するのは諦《あきら》めて若手の諸将を見渡すと、小倉と目が合った。

「三河守、どうじゃ」

小倉三河守実隆は緊張気味に返事をした。

「はっ。兵の数はこちらが倍以上でござる。この差を生かして城を取り囲み、総がかりをするのが良いと存じます」

家臣団の反応は芳《かんば》しくない。首を振る者もあった。

「おお、そうか。総がかりか。それも悪くはない」

小倉は少しほっとした。

「じゃが、下手に総がかりをすると被害が大きくなりすぎる。じゃから、総がかりをするならば、その前に、まず敵をここに追い込む必要がある」

そう言って、義賢は図の「八」の字の上方を示した。

「まず敵をこの狭い範囲に追い込んで、窮屈《きゅうくつ》な守りしかできぬようにしてから総がかりする。こうなればこちらの勝ちじゃ。じゃが、敵もそう簡単に押し込まれはしないじゃろ。そうであれば、勝ち方にはもう一つある。分かっておるな。賢秀」

先鋒《せんぽう》を務める蒲生賢秀を指名した。六角家臣団の中でも重臣中の重臣、蒲生家の名将である。小倉の実兄である。

「はい。承知しております」

賢秀は、堂々とはっきり返事をした。

「さすがじゃ。よいか皆の者、明日の戦いは先鋒の賢秀だけが、この作戦を理解していればよいのではない。全軍が理解して行動せねばならんぞ。よいか。明日の決戦場所はここじゃ」

そう言って、義賢は「八」の字が広がる下方を指した。

「大軍の強みを生かすためには、この広いところへ、敵をおびき出し、引きずり出す。そして、ここで決戦に持ち込むのじゃ。決戦場は、ここ野良田じゃ」

義賢はそう言うと、居並ぶ諸将を見渡した。皆、しっかり頷《うなず》いている。全員が作戦を理解したようである。義弼も良い表情で聞いている。義賢は、最後にもう一度明日の作戦をまとめた。

「よいか。明日の戦い方は、二通りじゃ。まず、こちらから攻撃を仕掛ける。敵が、こちらの誘いに乗って、押し出してくるならば、野良田で決戦に持ち込む。敵が後退するならば、一気に包囲して総掛かりで城を落とす。このどちらかじゃ。よいか、儂の指示をしっかり理解して行動するのじゃ。分かったな。明日は、勝つぞ」

家臣団は、皆、高らかに返事をした。


磯野員昌は、朝日が登る戦場を見渡した。今日の戦いが近江の命運を決める。何としても勝たねばならない戦いである。目を瞑《つむ》り気持ちを集中させてから、見開いた。背中からの陽射しを受けて影が前に伸びている。馬に乗る自分の影である。その影の先には百々勢が陣取っている。磯野勢はその右後ろに位置し、先陣の一翼《いちよく》を担っている。左側には丁野若狭守の軍勢がいる。丁野氏は、小谷城の麓の国人で、浅井家中でも最も信頼できる武将の一人である。先陣の三部隊は、肥田城を囲んでいる堀や堤の前に出て布陣している。そのさらに前方に広い野原が広がり、六角の大軍が陣取っている。六角軍は攻撃を開始しようと、動きが慌ただしくなっている。

ドン、ドン、ドン、ドン

陣太鼓が鳴り渡った。六角軍の先頭が動き出した。

ブゥウゥブゥウゥウゥ

後方の櫓《やぐら》の上から味方の法螺貝《ほらがい》が鳴り、戦が始まることを告げている。

「敵、先陣弓隊、動き出しましたああ」

味方の物見が告げている。

「弓隊、前へ」

百々内蔵助の声である。

いよいよ戦《いくさ》が始まる。敵の弓隊が前に出て隊列を組んで構えた。次に、その間から木盾を持った足軽が進み出て近づいてくる。さらに、その後から木盾に隠れて槍隊が近づいてくる。槍隊は、天を突くほどの長槍を空に向けて横一列に整列している。ひと息で駆け寄ることができるほどの距離まで近づくと、いよいよ盾の合い間から飛び出そうと槍を構え始める。そして、一気に動き出した。

「放てえええ」

百々が采配《さいはい》を振った。突進してくる敵の槍隊に弓矢を一斉に射かける。敵の弓隊も同時に、味方の援護射撃を始める。味方の弓隊の上から、矢が降ってくる。弓隊は素早く後退し、味方槍隊の後ろに一旦引き上げる。飛び道具での応酬の後は、槍隊同士の戦いになる。横一列になり、長くしなる槍を上から下に叩きつける。両軍の長槍を叩き合う音が激しく戦場に響き渡る。後方へ下がった弓隊は、突出する敵を狙う。

「突撃いっ」

百々は掛け声とともに騎馬隊で混戦の中へ切り込んでいく。

「行くぞおお」

正面に敵軍が展開してきたのを見て、磯野も突撃した。肥田城の北西側は激戦となった。巨大な槍を縦横無尽に振る磯野の前に敵軍の将兵は次々と倒され、敵は徐々に後退していく。中央で戦っていた百々隊もかなり敵を押し込んでいた。押し込むにつれて両方の川の間の戦場が開けてくる。敵の囲みが広がってくる。

「一旦引けえええ」

百々の采配が振られた。味方の将兵は敵の戦場に深く入り込まずに一旦元の場所まで戻っていく。敵が追いかけて来たところへ、味方が放った弓矢が降り注ぐ。両軍は元の位置に戻る。

このように敵も味方も一進一退を繰り返す展開がしばらく繰り返された。もう太陽は高く昇っている。

喜右衛門は、この様子を賢政とともに浅井本陣で見ていた。初陣の賢政にも、百々や磯野の戦いぶりを理解してもらいたい。喜右衛門は賢政に分かるように戦況について話した。

「この城は攻めにくいと言っても、敵は大軍。守ってばかりでは囲まれてしまう。身動きができなくなったところで総攻撃されれば持ち堪《こた》えることは難しい。しかし、逆にこちらが下手に攻め込もうとすれば、あの広い野原で大軍に囲まれてしまう。内蔵助殿は、そうならぬように、押したり引いたりしながら、敵を消耗させている。さすがでござる。敵も攻めあぐねております」

喜右衛門の話を聞いていた賢政は疑問に思った。

「けど、守ってばかりでも駄目だし、攻めても駄目というなら、どうすればいいんや。どうすれば勝てるんや」

賢政は喜右衛門に訊いた。

「そうでござるな。確かに敵も味方も命懸けの戦でござる。簡単に勝てるというものではございません。若様は、三月《みつき》ほど前の桶狭間《おけはざま》のことはご存知ですかな」

「ああ、知ってる」

「織田信長が、今川の大軍を倒したときは、どのように倒したか」

喜右衛門の問いに、賢政は真剣な表情で考えた。

「そうか。敵の隙《すき》をついて大将を狙うのか」

賢政の表情は明るくなった。

「そう。われらの狙いはそこでござる。その隙ができるかどうか。敵も簡単に隙は見せません。じゃが、しっかり見ている者にはそれが見えることがあるのでござる」

喜右衛門は願いを込めて、そう言った。

「分かった」

若い賢政はそう言うと、広い戦場のあちこちをしっかり凝視した。そして、その変化に気づくと声を出して言った。

「あっ、敵が後の方で動いているぞ」

「川を渡り、包囲しようとしているのか。いや、あれは陽動部隊か」

「川沿いから敵軍が攻めようとしている。こちらの部隊を分断しようとしているんやな」
戦場の変化を見る賢政の様子を見て、喜右衛門は、賢政の目は確かだと思った。その着眼点も間違いはない。元服したばかりの、初陣のこの少年に、自分たちは、希望を抱き、期待し、重大な運命を背おわせた。自分が生まれ育った故郷のためとはいえない。人質として出され、苦労させられた生い立ちであった。それにもかかわらず、この少年は、この運命を自分のこととして必死になって背負おうとしている。喜右衛門は心から祈る思いになった。どうかこの一戦を、勝たせてくれと。

朝から何度も繰り返されてきたように、またも敵軍は押し寄せてきた。弓隊、槍隊、騎馬隊を順に繰り出して、再び消耗戦が始まる。先陣の百々、磯野、丁野隊はそれに対応して押し込まれないように防ぎ、時に押し出した。
ブゥウウゥブゥウウゥ
後方の櫓で法螺貝が鳴った。物見《ものみ》が左の方向を示している。左から敵が攻めてきている合図である。その時、敵の第二陣が動いていた。楢崎隊と田中隊が愛知川沿いに侵入し、押し出していた百々隊と丁野隊の間に切り込んだ。さらに、そこへ先陣の蒲生、永原隊が押し寄せた。

　同時刻、六角の後陣の一部が、愛知川を渡って肥田城へ侵入しようと沼地に踏み入ってきた。浅井の後陣、弓削、本郷らは堤や土塁を使って侵入しようとする敵兵を弓矢で牽制《けんせい》し、防いだ。

　戦場は一気に乱戦となった。敵は倍以上の兵力を擁して、攻撃の範囲を広げ、揺さぶりをかけてきた。朝から堅実な戦いを続けていた百々隊に疲れが目立ち始めた。

　ドン、ドン、ドン、ドン
　敵の陣太鼓とともに磯野の前に進藤隊が突撃してきた。疲れが見える百々隊を支援しようと考えていた磯野も身動きができなくなった。

　百々内蔵助の周りは乱戦状態になっていた。百々は徐々に自陣に後退しながら、味方の将兵を集め、隊を組みなおそうと考えていた。しかし、多数の敵兵が狭い戦場に押し寄せてきているため、どうしても乱戦状態を解消することが難しかった。百々は、一旦後退してから味方を組織しなおすしかないと考えた。

「一旦、引くぞ」

　百々は掛け声とともに合図した。浅井の先陣は後退を始めた。乱戦のために撤退する将兵を弓で援護射撃することは難しかった。さらに敵兵の侵攻が早く、先陣はずるずると後退せざるを得なくなっていた。それでも、百々は周りにいる将兵に的確に指示を出し、乱戦でバラバラになっている隊形を徐々に組み直していった。数人一組で敵と対峙し、不用意に敵が入り込めないようにし、敵との間合いを確保させた。長槍隊を前に出し、弓隊を戻した。組織的な防御をして、何とかこれ以上後退してしまわないように必死になった。しかし、それでも敵の侵入は、それを上回る激しさで、食い止めるのは容易ではなかった。先陣の左翼《さよく》を担《にな》ってきた丁野隊は、朝から粘《ねば》り強く戦っていた。しかし、新手《あらて》の部隊の切り込みにあい、苦戦を強《し》いられていた。さらに愛知川を渡って陽動を仕掛ける敵軍に動揺した将兵が、後退し始めると、一気に崩《くず》れ始めた。

ぎりぎりのところで、持ち堪えていた百々隊であったが、左翼が崩れていくと、戦線を支えられなくなった。敵軍は次々に押し寄せてくる。後退に後退を重ね、いよいよ後ろには肥田城を取り巻く堤の廃墟《はいきょ》が迫《せま》っている。敵は勝勢《しょうせい》に乗《じょう》じて、益々《ますます》勢いづいてきた。

ブゥウゥウブゥウゥウ

また、法螺貝が鳴った。聞こえる音が大きい。物見櫓《ものみやぐら》の位置は、すぐ後ろである。百々は、右肩の上方《じょうほう》に立つ櫓を振り返った。合図は、右側の後方へ回り込むような動きを示している。敵軍がこの機《き》に乗じて城を包囲しようと、宇曽川方面へも大きく展開しようとしているようである。このままでは、総がかりに遭《あ》ってしまう。百々は、決意した。

「集まれええ。もう一度、押し出すぞ。集まれええ」

百々は自分の周りに味方の将兵を集めて、もう一度押し出そうと考えた。敵の中央へ押し出し、自分が楔《くさび》となるしかない。そう決意した百々は戦場一帯に響き渡る大声で叫んだ。

「この戦は、南北分け目の合戦や。儂らは、もう六角の風下《かざしも》には立たぬと誓《ちか》って、この戦場に来た。引くなああ、前へえええ、六角のおおお、下風《かふう》にいい、立つまああじっ」

百々は、押し寄せる敵の軍勢の中に入り込んだ。百々に付き従う者たちとともに、槍を振り回し、奮戦し始めた。百々の叫びを聞いた者たちが一斉に押し返そうと敵に切り込んだ。江北の将兵たちの思いは皆同じであった。ここで引き下がっては、また六角の支配のもとで長い辛抱を続けることになる。ここで負けるわけにはいかない。その思いで命を懸けて切りかかった。

「前へえええ、前へえええ」

百々は叫んだ。その掛け声とともに、六角勢で埋め尽くされる戦場に風穴《かざあな》を開けた。そこを拠点に、味方の将兵と一塊《ひとかたまり》になって敵軍を迎え撃ち、少しずつ陣地を回復しようとした。

その様子を見ていた磯野も、囲まれている百々勢を援護し、ともに押し出そうと中央へ切り込んでいった。

いた。

「押せええ。押せええ」

磯野は長槍を振り回し、敵兵を蹴散《けち》らした。振り回すたびに、徐々に百々隊の方へ近づいた。

叫び続ける百々の声がはっきりと聞こえていた。多くの将兵が入り乱れる戦場の中央に百々の姿は見えた。磯野もその叫びに答えるように槍を振りかざし、前へ前へと人馬を進めた。一時は、完全に押し込まれ、敵に包囲される寸前であったが、戦況はわずかに持ち直しつつあった。百々隊と磯野隊は戦場の中央でともに敵軍を押し返していた。

「前へえええ、ま」

急に百々の声が聞こえなくなった。磯野は左側にいる百々を探した。馬上にいるはずの百々内蔵助が、馬から落ちていた。磯野は、敵兵を蹴散らしながら戦場の中央に倒れる百々のもとに急いだ。

「どけ、どけ」

長槍を振りまわして駆けつけると、磯野は馬から降りた。戦場に横たわる百々を抱えた。

「内蔵助殿おお」

叫びつつ体を見た。矢が左脇下の鎧《よろい》の隙間《すきま》から心臓に向けて突き刺さっている。

「員昌。浅井様を頼む。我らの希望じゃ。浅井様を助けて江北を」

百々は、声を絞り出し、思いを託した。

「ああ、わかった、内蔵助殿、死ぬなああ」

磯野は叫んだ。屈強な肉体を抱きしめたが、もう力を失っていた。名将は息絶えた。

戦場である。磯野は顔を上げ、立ち上がった。

「内蔵助殿を頼む」

側にいた従者にそう言うと、磯野は、横たわる百々が左手に握っている采配を受け取った。そして、馬に乗り、その采配を振った。

「前へえええ、前へえええええ」

磯野の合図を聞いた者たちは叫んだ。

「おおおおお」

死兵と化した浅井軍は六角軍に一斉に斬《き》りかかった。

その時、戦場の左側では、崩れた丁野隊に代わって、後方に陣取っていた大野木、安養寺、上坂隊が、敵の先陣に突撃していた。押し気味で油断していた六角勢は、新手の軍勢が参戦して大きく動揺した。戦場が大きく動いた。この様子を見た六角義賢は、後陣を堅める後藤らの軍勢を投入せざるを得なかった。一時は、浅井勢を押し込み、城を完全に包囲する寸前にまでなっていた。そのため、六角軍は陣形を大きく広げ、中央の部隊の厚みが減っていた。兄の後藤を助けるために伊勢から呼ばれていた千種《ちくさ》忠秀は、この激戦地で討ち死にした。

戦場は拡大し、野良田は激戦になっていた。六角のひとつの思惑《おもわく》通り、野良田の広い戦場が主戦場となった。しかし、六角は、一時は勝勢になり、肥田城を包囲する方針で動いてしまったために、多くの部隊が両方の川の外側に広がっていた。

磯野が戦場を押し出していくと敵軍はさらに後退していく。野良田の中央まで押し出していくと、正面には敵の本陣、六角義賢の陣が見えた。

(おお、今なら敵本陣を突くことができる)

そう思った磯野は、周りの者を集めようとした。

「今から」

そう言おうとした瞬間、戦場の右側を駆けていく騎馬隊軍団が目に入った。その勢いから新手《あらて》の精鋭部隊であることがすぐに分かった。鉄砲を肩に携《たずさ》えて馬を駆る者もいる。多数ののぼり旗をはためかせて進んで行く。磯野は旗をじっと見た。そして、その旗印を確認すると、思わず声を上げた。

「行けえええ」

磯野は叫んだ。旗には三《み》つ盛亀甲紋《もりきっこうもん》が入っている。北方《ほっぽう》の守り神、玄武《げんぶ》。伝説の亀、玄武は「北」を守護する。浅井賢政が、この南北分け目の合戦のために自らの旗印とした三つ盛亀甲紋ののぼり旗が、一直線に敵陣の総大将、六角義賢の陣に向かって突き進んで行く。あれは、まさに賢政の浅井本隊である。遠藤喜右衛門が付いている、浅井の最精鋭部隊である。

浅井本隊が、六角の本陣に突撃していく。火縄銃が連発する轟《とどろ》きとともに、六角本陣が割れ、瞬《また》く間《ま》に後退していくのがはっきり見てとれた。

「おおおお」

磯野は、その様子を見ながら、勝利を確信した。

「勝ったぞ。勝ったぞおお。えい、えい、おおお、えい、えい、おおおお」

磯野の叫びとともに、戦場には浅井の勝鬨《かちどき》が広がっていった。

えい、えい、おお、えい、えい、おおお

えい、えい、おおお、えい、えい、おおおお

えい、えい、おおお、えい、えい、おおおおおおお

磯野は、声を嗄《か》らして、泣いた。

八章　大返し

近江の南北を分けた決戦は、浅井の歴史的な勝利に終わった。
野良田《のらだ》の戦いの一か月前、六角義賢《よしかた》（承禎《じょうてい》）は、平井、蒲生、後藤ら宿老に宛てて「六角承禎条書」と呼ばれる書状を送っていた。

六角家宿老へ

六角家の宿老ともあろうものが何をしておるのだ。聞くところによると、このたび義弼《よしすけ》は、斎藤の娘との縁談を考えて交渉しておるそうではないか。とんでもないことだ。なぜ、おまえたちが付いていながら、こんな馬鹿げた縁談をやめさせようとせんのだ。昨年の北近江での戦《いくさ》でもそうだったではないか。その時義弼は十五歳。まだ若い。戦《いくさ》の経験もほとんどない。戦いの途中に義弼が山の上に退避して負けてしまったのは、どういうことか、わかっているだろうな。おまえたちがきちんと補佐し注意すべきであったのに、みすみす義弼に失敗させてしまったのだ。

今回の斎藤との同盟交渉も同じことだ。あの斎藤義龍《よしたつ》がどのような身上の者かは知っておるだろう。義龍の祖父新左衛門尉《しんざえもんのじょう》は、もともと京都明覚寺《みょうかくじ》の坊主で西村と申しておった。美濃守護の土岐《とき》氏の家臣、長井弥二郎に仕え、美濃の動乱に乗じて出世し、長井一族となった。父の道三《どうさん》の代になり、主家を殺し、美濃を奪った。義龍はその道三の首を取り、父から国を奪った。このような代々の悪逆、やりたい放題の成り上がりが長く続くわけがない。斎藤家と婚姻すれば、我が家の面目《めんぼく》は丸つぶれだ。我が家との縁が深い土岐殿を突き放して、敵である斎藤と縁を結ぶなどは、天下の笑いものだ。

昔、六角軍が北近江に出陣したとき、斎藤道三が美濃の井之口から自ら援軍に来てくれたことはあった。だから、今回も義弼に万が一困ることが起こったら、斎藤の軍勢が助けに来てくれると本気で思っておるのか。そんなことは期待できないぞ。きっと、斎藤義龍は首に縄をつけても援軍には来ないだろうよ。なぜなら朝倉、織田、東美濃の国衆に囲まれていて、近江に援軍を送る余裕などないからだ。

今後、義弼が斎藤に騙《だま》されて巧く利用されてしまわないように、おまえたち宿老が、もっとしっかりしてくれ。とにかく、斎藤との婚姻はやめておけ。わかったな。

七月二十一日　承禎

書状にも書かれているように、七月、後藤ら宿老は、義弼と美濃斎藤家との同盟を進めようとしていた。しかし、義賢が反対し、縁談はとり止めになった。

しかし、八月、野良田で負けた。負けるはずがないと思っていた相手に歴史的敗北を喫《きっ》した。戦略を変更しなければならなくなった。

喜右衛門《きえもん》は、このところ美濃との国境にある所領の須川《すがわ》で活動していた。北には近江の最高峰、伊吹山が見える。この辺りから見る伊吹山は、南向きに裾野が広がり、太陽の光を浴びて大きく見える。一面に雪が積もり、山は真っ白である。今年は雪が少なく、平地の雪はかなり溶けている。冬晴れの陽射しは、意外に強く暖かい。空は爽《さわ》やかに青く、太古の昔、ヤマトタケルに致命傷を負わせるほどの荒ぶる神がいたとは思えない明るい山である。

南には霊仙《りょうぜん》がある。かつて唐に渡り霊仙三蔵《りょうぜんさんぞう》と呼ばれる高僧が修行した場所である。「三蔵法師」の呼び名を許され、唐の皇帝が帰国を許さなかったほどの人物であった。冬の陽射しは傾くのが早い。北面する霊仙の山々にできる影は、幾重にも重なっている。最澄《さいちょう》、空海《くうかい》を超える古き高僧の功績さえも闇に隠すかのように奥深い印象を与える山である。

この二つの「霊山《れいざん》」に挟《はさ》まれた南北二里ほどの狭い盆地を二本の街道が通っている。南側が東山道《とうさんどう》、北側が北国脇往還《ほっこくわきおうかん》である。そのちょうど中間に、喜右衛門の領地の須川がある。

十二月、須川の東側をひと山越えた美濃の情勢が不穏になっているとの情報が入った。国境の不破《ふわ》郡を治める美濃の土豪、竹中重元《たけなかしげもと》が近江の刈安尾《かりやすお》城を攻略する準備をしているというのである。刈安尾城は、北国脇往還の北側に位置し、京極高清《たかきよ》が本拠を置いた上平《じょうへい》寺《じ》の城である。後を継いだ高広も死に、誰もこの地には住まなくなっていた。守りの薄い隙をついて竹中氏が、攻略しようと覗《うかが》っているというのである。そのため喜右衛門は、小《お》谷《だに》を離れて領地へ戻り、情報収集と警護に当たっていた。

二月に入り、賢政《かたまさ》から連絡が入った。相談があるという。喜右衛門は馬で駆けた。須川からは小さく見えた小谷山が、北国脇往還を進むにつれて徐々に大きく見える。小谷山の麓に近づいた。街道は折れ曲がりながら城下町に入る。目の前には小谷山がそびえている。

小谷城は巨大な山城である。頂上の大嶽《おおづく》から南西と南東側の二股《ふたまた》に尾根が分かれている。

その南東側から南へ続く尾根に沿って主な城郭が建設されている。山王丸《さんのうまる》、京極丸《きょうごくまる》、小丸、鐘丸《かねのまる》と尾根上の平坦地《へいたんち》にいくつもの城塞があり、大規模な威容《いよう》を誇っている。北近江一帯を見渡し、敵の動きを察知できるように樹木《じゅもく》は伐採されている。赤茶けた土色の土塁《どるい》や堀《ほり》切《きり》が、城下からもくっきりと見える。複雑に入り組んだ土の建造物は、敵の侵入を許さない。

馬蹄《ばてい》形に連なる尾根の谷間《たにあい》が「小谷」と呼ばれる。喜右衛門は、家臣団の屋敷が連なる小谷道を登り、その一番上にある浅井の御屋敷に着いた。

広間には重臣たちが集まっていた。赤尾、安養寺、海北《かいほう》、雨森《あめのもり》や一門衆の浅井政澄《まさずみ》もいた。ただ百々内蔵助はいなかった。代わりに磯野が来ていた。間もなく久政と賢政が入ってきた。

上座に座る若者は、この半年ほどの間にさらに成長した。以前から身長は高かったが、肉付きが増している。

「喜右衛門、美濃の様子はどうやった」

賢政は、声変わりの時期が過ぎ、大人びた声になった。

「はい、国境を越えて竹中の兵が入ってくることがありましたが、今は落ち着いております」

遠藤は手短かに状況を説明した。

「そうか。それは良かった。ご苦労であった」

六角との決戦を勝利に導き、正式に家督を継いだ。誰もが当主として認める存在になっていた。賢政はさらに続けた。

「皆に集まってもらったのは、美濃から届いた書状について相談するためである。詳しいことを美作守《みまさかのかみ》から説明してもらう」

筆頭家老、赤尾美作守清綱《きよつな》が説明し始めた。

「先日、美濃から日野助右エ門という使いが来た。斎藤家宿老の日根野弘就《ひねのひろなり》の書状を持参した。それがこれじゃ」

赤尾は書状を畳の上に広げた。まだ読んでいない者が顔を突き出した。喜右衛門も書状に目を通した。

浅井賢政様
斎藤家は今、大変厳しい状況にあります。浅井賢政様の勇名を聞き、斎藤家をお助けいただきたく思い、書状を差し上げます。
昨年、尾張の織田が美濃に攻め込んできました。織田信長は、我が家の先代の娘婿《むすめむこ》に当たりますので、織田に内応しようとする者が現れるという噂が立ちました。昨年は何とか織田勢を追い返すことができましたが、いつまで斎藤家が保《も》つかわかりません。後ろ盾となって斎藤家を助けてくれる者がなければ、滅んでしまいます。

幸い美濃の隣国、近江には名将の誉れ高い、浅井賢政様がいます。私は、賢政様の武勇をよく聞いて知っておりますので、ぜひ斎藤家の後ろ盾となっていただきたいと願っております。どうか斎藤家をお救いください。

ただ、厚かましいお願いではありますが、美濃の国人衆は若い賢政様の武威《ぶい》を未だに知らない者もおります。そこで私の愚かな謀《はか》りごとではありますが、ひとまず賢政様に美濃へ軍をお出しいただき、その強さや威勢《いせい》をお見せいただきたいと思うのです。私が美濃までの進入路は開けるように作戦を立てておきます。そして、一戦を交え、浅井の凄《すご》さを美濃の者に見せつけたところで、頃合いを見て和睦《わぼく》し、同盟を結ぶという段取りにしていただけないでしょうか。

ただただ浅井様の御心《みこころ》におすがりするしか斎藤家の存続する道はないのです。どうか美濃の民を救うと思ってお助けください。

斎藤家家老　日根野弘就

読み終えると、皆、首をかしげた。皆が読み終えるのを待っていた赤尾が話し始めた。

「日根野弘就は、斎藤義龍《よしたつ》の懐刀《ふところがたな》と言われておる。義龍が父の道三《どうさん》から美濃を奪って五年、そのとき、道三の二人の息子を殺したのは、日根野だと言われておる。ゆえに、日根野の後ろには、義龍自身がいるといってよい。この書状をどう見るかということじゃが、皆の意見はどうじゃ」

首をかしげていた者たちの中で浅井政澄が口を開いた。

「この書状を信用するかどうかということなら、このようなあやしい書状は信用できぬ、ということでござろう」

多くの者が頷いた。政澄は続けた。

「このような言葉に騙《だま》されて、美濃へ兵を送っても何が起こるかわからぬ」

「ならば、日根野の申し出は断るということじゃな」

赤尾が皆を見た。

「斎藤の狙いは何か、何か心当たりはござらんか」

すかさず、喜右衛門が尋《たず》ねた。

「最近、織田家から縁組《えんぐみ》の話が来た」

上座《かみざ》から久政が口を開いた。「おお」と多くの者が顔を上げ、久政の顔を見た。

家督《かとく》を譲《ゆず》ったとはいえまだ若い。浅井が六角に勝《まさ》ることができたのは、久政の長年の努力のお陰だということは誰もが認めていた。久政は、野良田の戦いの時、竹生島《ちくぶ》に避難した。それは、万が一、浅井が負けた場合に、浅井と江北を守る切り札となるためであった。ここにいる者たちは、皆、そのことを分かっている。家督は譲ったが、実質の当主であることに変わりはなかった。久政は、話を続けた。

「織田信長の妹を賢政に嫁《とつ》がせたいと言うてきた。まあ、直ぐに尾張から輿入《こしい》れするのは無理やとは思うが」

斎藤は織田と対立している。先代の道三の頃は、道三の娘が織田信長に嫁ぎ、同盟関係を結んでいたが、道三が子の義龍に殺されると、斎藤と織田は争うようになった。織田の尾張と浅井の近江の間に美濃がある。挟み撃ちにされるかもしれない敵国の同盟を見過ごすわけがない。安全に輿入れすることはできない。

「なるほど、斎藤の狙いは、織田と当家が同盟関係を結ぶことを警戒し、本当に同盟を望んでいるのかもしれませんな」

久政の発言を聞き、政澄が言った。

「本当に同盟を望んでいるか、それとも、何か他に狙いがあるのか、分からんな」

赤尾が言った。

「ならば、兵を出してみれば分かる。何かあるのか、ないのか。やってみれば分かるぞ」

磯野が言った。

「お主は、気楽じゃの」

赤尾は磯野に笑いかけた。磯野も笑った。

「じゃが、それも一つの手ではある。たとえこれが、六角の策略としてもや」

喜右衛門はそう言った。

「ああ、そうか」

賢政が呟《つぶや》いた。多くの者が顔を上げ、「そうやな」と頷いた。


永禄四（一五六一）年二月、浅井軍約六千が、美濃に進入した。先鋒は磯野員昌、二番備えに三田村、野村、堀、大野木らが続き、総大将、浅井賢政自らが出陣した。殿《しんがり》は赤尾清綱である。

やはり、書状の通りである。国境の隘路《あいろ》を易々と通り抜け、関ヶ原の盆地も悠々と進めた。もう斎藤領に入って数里にもなる。敵の領地にこれほど奥深く入り込んでも何の妨害もない。二月二十一日には、斎藤の本拠地、稲葉山《いなばやま》の頂《いただき》がはっきり見えるところまで来た。

大垣城の北方で各所に火を放った。さすがにこの様子を見て、大垣城主、氏家直元《うじいえなおもと》が打って出てきた。

「とうとう出てきたぞ」

磯野は、長槍を振り回して、その部隊に突進した。浅井軍の精鋭とともに、猛将《もうしょう》磯野が暴れ回ると、氏家の軍勢はたちまち蹴散《けち》らされた。

浅井軍は、美江寺《みえじ》川まで進んだ。ここを渡り、長良川を越えれば、もう稲葉山城である。ここまで来て、斎藤軍もようやく城を出て川の対岸に対陣した。兵数約六千。浅井軍とほぼ同数である。あの密約《みつやく》の書状の主《ぬし》、日根野弘就もここにいた。

それから十日近く、両軍は対峙《たいじ》し、小競《こぜ》り合いをして、時が過ぎた。

義龍に呼ばれた日根野は、稲葉山から眼下を見下ろした。浅井の軍勢が、整然と陣を形成している。今日ももう日が暮れようとしている。西方には遠く伊吹の峰々が見える。沈みゆく夕陽で山影《やまかげ》が黒い。

「もうあの向こうでは始まっとるか」

義龍が言った。

「明日の朝には六角が動き出すかと」

日根野が含み笑いをしながら答えた。

「ならば、明後日《あさって》の未明か。こやつらが帰り始めるのは」

義龍は、眼下の浅井軍を見ながら言った。

「おそらくは。近江からの連絡が届くのが、早くて明日の午後。夕刻から動き出すか、朝になってから動き出すか。どちらにしてもちょうど両方から挟めるように準備しておきます」

「うまく騙せたようやな。最後まで気づかれんよう巧くやれよ」

義龍は、それだけ言うと部屋を出た。体調が悪いようである。日根野は主人《あるじ》の後姿《うしろすがた》を心配そうに見送った。


その頃、浅井の陣に坂田郡の土豪、若宮藤三郎から急ぎの書状が届いた。若宮氏は、この美濃遠征の前に領地を加増された。事前に今回の作戦を知らされ、六角氏の動向を探る役割を任された。東山道の宿場に配置した早馬を次々に乗り継ぎ、書状は運ばれてきた。

書状に書かれていたのは、一文だけであった。

『明日、承禎が動きます』

賢政は、集まっていた武将たちにすぐに指示をした。

「手はずの通り。敵に気づかれないように準備しろ。赤尾殿、殿《しんがり》を頼む」

「はっ、お任せください。久しぶりに腕が鳴り申す」

赤尾清綱が気合を込めて答えた。

その後、賢政は、折り返し若宮藤三郎に返事を書き送った。


六角が攻めてくれれば、あなたの在所の宇賀野《うかの》の村も、戦場となるでしょう。しかし、六角に降伏してはなりません。戦うことを恐れてはいけません。一戦だけ持ちこたえてくれれば、必ず我々が、助けに行きます。このことは、箕浦《みのうら》城の今井定清にも固く申し合わせをしています。心を強く持って、どうか、がんばってください。このたびのご注進には、感謝しています。こちらの思い通りにいっています。


美濃稲葉山から近江佐和山までの距離は、十数里ある。大軍で移動するには、まる二日は必要である。

六角が攻めてくることは想定していた。佐和山城や太尾城、朝妻《あさづま》城などの「境目の城」では、一戦迎え撃つ備えを整えていた。長くても二日すれば浅井の本隊が戻ってくる。一戦だけ持ちこたえれば、援軍が来る。将兵たちはそう思っていた。それならば、持《も》ち堪《こた》えられないはずはない。

佐和山城では、この日、朝から緊張感がみなぎっていた。城を守る者たちは、六角軍がいよいよ攻めてくるという知らせを聞いて、気持ちを引きしめていた。

百々内蔵助が野良田で亡くなった後、一族の百々隠岐守《おきのかみ》が城主を務めていた。隠岐守は、名将の後を立派に受け継ぐ、信頼される武将であった。豪傑の磯野員昌は、美濃攻めに出たが、その代わりに醒ヶ井《さめがい》氏や小足《こあし》氏など地域の将兵が、最重要拠点の佐和山の守備を固めた。この城で六角軍を二日間さえ足止めすれば、味方の大軍が助けに来る。

そう思って、南東方向から来る六角軍を待ち受けた。日が徐々に高くなってくる。遠く近江盆地の真ん中に黒い影が見え始めた。やがてその影は、細長く街道沿いに伸びたかと思うと、左右に広がり始めた。恐ろしい黒い物体がますます巨大になった。兵士は、武者震いをした。

黒い影は、次第に実体となり、足下に広がった。佐和山の麓に溢れる黒い大軍の人影が、肉眼ではっきりと分かるようになった。

いよいよ来たか。

「おーい。見てみろ。こっちにもいるぞー。あれは何だー」

城の反対側で誰かが叫んでいる。

「何だ。あれは」

兵士たちが、口々に叫び出し、騒然となった。

城の反対側、つまり北東の方向を見ると、そこにも軍団がいるではないか。そこには、多数の旗がはためいている。六角軍の旗ではない。

「お味方か、もう味方が、着いたんか。すごいぞ。こんなに早《はよ》う着いたんか」

瞬間、城内には、驚きと安堵《あんど》感が漂《ただよ》った。どうしてこんなにも早く到着できたのだろうと思いつつ、これで助かったと安堵した。

「いや、違う、あの旗は。あれは、味方やない」

「あれは、美濃勢や」

「そうや。あれは、年末から何度か刈安尾《かりやすお》城へ来ていた、竹中の旗や。間違いない」

「竹中の旗だけやない。あの数はかなりの大軍やぞ」

兵士たちは狼狽《ろうばい》した。

(どうして美濃の軍勢が近江に溢《あふ》れているのだ)

(美濃で浅井軍は負けてしまったのか)

(もう浅井の援軍は来ないのではないか)

様々な憶測《おくそく》が飛び交《か》った。

城が完全に包囲されようとしている。南側からの六角氏の軍勢だけではない。東側から美濃の軍勢も入ってきている。坂田郡の大原口から美濃勢の旗が多数はためいている。坂田郡は、取り囲まれてしまっている。

境目の城を守る将兵たちは、激しく動揺した。彼らにとって、六角の大軍が押し寄せることは予想していた。しかし、予想外の美濃勢が、城を包囲しようとしている。しかも、浅井の援軍は来ないかもしれない。援軍がない中、城に籠《こ》もってしまえば、逃げ場を失い命を落とす。そういう状況なら、兵は城を捨てて逃げるのが当たり前である。勝ち目のない戦にいつまでも関わって、命を落とすわけにはいかない。

太尾城、朝妻城などの境目の城は、戦うことなく占領された。

その中で勇敢に戦う者たちもいた。百々隠岐守は少なくなった将兵をまとめ、佐和山で六角軍の本隊と奮戦《ふんせん》していた。若宮藤三郎は、琵琶湖岸の世継《よつぎ》で、自分の手を砕《くだ》かれながらも敵の頸《くび》を討ち取った。今井の家臣、嶋秀淳は、箕浦《みのうら》城に迫る敵の武将と組み合い討ち取った。井戸村清光は、寺倉において敵と渡り合い、戦死した。鎌刃《かまは》城は樋口直房《なおふさ》が守っていた。浅井を信じて、この一戦に命を懸けていた。

その頃、浅井軍は、美濃から近江へ向かう東山道をひたすら駆けていた。早朝、未明の中を出発した浅井の先鋒は、すでに国境まで戻っていた。

先頭を走る磯野は日が西に傾くのを見ながら、美濃と近江の国境を越えた。国境の今須《います》、長久寺《ちょうきゅうじ》の集落を駆け抜け、長比山《たけくらべ》の麓の街道を突き進んだ。付いて来る者は少なくなっていた。軍の隊列は長く伸び先頭と殿は二里以上の差がついていた。長比山を過ぎると喜右衛門の領地の須川を右に見て、成菩提院《じょうぼだいいん》や京極館《きょうごくやかた》がある柏原《かしわばら》に入る。京極館で休憩をして味方の将兵が集まるのを待つ段取りである。

「喜右衛門。戦況はどうや」

磯野はすぐ、待っていた喜右衛門に訊《き》いた。

「それが、苦戦している。」

「なんでや。守りは固めていたはずやろ。半日ももたんのか」

驚いた磯野が声を荒げた。

「竹中にしてやられたようや。すまん。奴らの動きをあなどった」

喜右衛門は悔しげであった。

「それで、佐和山は」

磯野が訊いた。

「まだ分からん」

「今、どれだけ集められるんや」

「ここにいるだけや」

磯野は周りを見渡した。準備に駆け回る村人たちはたくさんいた。これから到着する将兵が休憩するために働いていた。しかし、今、戦える武士の数はわずかだった。磯野は悔しそうに唸《うな》った。

喜右衛門が言った。

「兵が集まるのを待つしかない。段取りの通りや」

磯野は拳《こぶし》を握《にぎ》り締《し》めながら叫んだ。

「隠岐守殿、生きていてくれ！」

その頃、佐和山城は、六角の総がかりにより陥落《かんらく》した。百々隠岐守は、奮戦の後、切腹した。

その頃、赤尾清綱は美濃にいた。浅井軍の殿《しんがり》として斎藤軍の追撃に備えていた。

斎藤軍は、六角軍と示し合わして挟み撃ちにする手はずであった。しかし、浅井軍が予想していたよりも早く撤退《てったい》を始めたため追撃が遅れた。それでも翌日までに美濃と近江の国境まで追えば、六角軍と挟み撃ちができる。急ぎ準備をして、牧村牛之助《うしのすけ》を先鋒《せんぽう》に浅井軍を追いかけた。朝、稲葉山を出発し、美江寺川を渡り、大垣を過ぎた辺りで昼になった。明朝、国境を越えられるようにはしておきたい。垂井《たるい》で行軍を止め、休憩することにした。

赤尾らはその時、垂井の南側にある南宮《なんぐう》山に潜み、斎藤軍の動きを見ていた。予想通り、斎藤勢は昼飯を取り始めた。

「手はずの通りじゃ。準備をして待て」

赤尾は、そう言うと眼下《がんか》の様子を凝視《ぎょうし》した。

垂井の農家に潜《ひそ》ませておいた者たちが、斎藤軍の周囲の野原に一斉に火をかけた。突然、立ち上る煙火《えんか》に驚いた兵たちは、風下《かざしも》を避けて火から逃げ出した。そこへ、潜んでいた浅井軍の三田村《みたむら》左衛門、野村肥後守《ひごのかみ》が横から攻撃を仕掛けた。慌てた斎藤勢は、一旦態勢を整えるため、近くにある高地に避難し、敵を迎え撃とうとした。

「よし、来たぞ。もっと引きつけろ」

赤尾は南宮山の中腹に潜み、上から敵の動きの一部始終を見ていた。

「行くぞー、突撃ぃっ」

　赤尾勢は一気に山から降り、無防備に近寄ってくる斎藤勢に切りかかった。稲葉助七、蜂屋《はちや》新八郎ら、斎藤勢の諸将は次々に討ち死にした。

　赤尾らは、混乱する斎藤勢の中を突き切り、そのまま関ヶ原を駆け抜けた。松尾山城に入り、国境の隘路《あいろ》を通ろうとする斎藤勢を待った。

　しかし、待ち伏せを警戒した斎藤勢はそれ以上の追撃を断念していた。


　その頃、六角義賢は、夕陽が琵琶湖の向こう側に沈んでいくのを見ながら、佐和山城にいた。本丸から見える各所で煙が上がっている。まだ戦い続けている場所もある。戦果報告を聞きながら、今後の戦略を検討するため武将を集めた。

「浅井は今、稲葉山におる。今頃は近江の異変を聞いておるじゃろ。今夜か明日の朝には動きだす。じゃが、斎藤もそう簡単には帰さんじゃろ。もし、美濃にいる浅井軍が身動きできんようなら、儂らは先に小谷城を落とす。戻ってくるようなら、国境で迎え撃つ。斎藤との挟み撃ちじゃ」

　息子の義弼も父の考えを聞いていた。完璧《かんぺき》だと思った。初陣から二年。初めての勝利に高揚《こうよう》していた。家臣たちも、これならば今回は勝てると思った。義賢自身も気持ちを高ぶらせて話を続けた。

「どちらの作戦を採るにしても、まずは周辺地域の占領を急ぐことじゃ。箕浦城、鎌刃城、まだ降伏していない敵対勢力を早急に討伐する。明日には、小谷か美濃へ向かう。それから、すぐに美濃の情勢を知らせるのじゃ」

義賢は、家臣たちに指示をした。

「ああ、それから竹中はおるか」

義賢は、家臣たちの中にいるはずの美濃の土豪の名を呼んだ。

「はい」

家臣たちの一番後ろから声が聞こえた。

「おお、おるか。前へ来い。今日の働きは格別であった。よくぞ、あんな大軍に見せかけられたものじゃ。特別に感状を遣《つか》わす」

義賢が手招きすると竹中は前へ進み出た。長身で細身の若者である。

「重元の息子か。初めて見る顔じゃな。名は何と申す」

義賢が尋ねた。涼やかな目をした青年は答えた。

「竹中半兵衛重治《しげはる》と申します」

その頃、京極館にはかなりの兵が戻ってきていた。館の周りにかがり火がたかれた。炊き出しなども準備されていた。兵は街道に溢れ、近くの成菩提院の境内も一杯になっている。

「喜右衛門殿」

京極館で様々な指示をしていた喜右衛門のところに与左衛門が現れた。縄で縛られた敵兵を連れている。

「美濃へ向かおうとしていた者を捕らえた」

与左衛門は、喜右衛門に書状を差し出した。喜右衛門は書状を読んだ。

『佐和山を落とした。明日は国境か小谷へ向かう』

読み終えて空を見上げた。しばらくして喜右衛門は言った。

「与左衛門、引き続き国境は誰も通すな。今夜が勝負や」

返事をして与左衛門は任務に向かった。

飯を食い、休憩する兵たちに、磯野は声を掛けて回っていたが、この様子に気づき、近づいてきた。

「六角の伝令が持っていた書状や」

喜右衛門はそう言って、磯野に書状を渡した。磯野は、すぐに見た。

「そうか」

大男は肩を落とした。喜右衛門はその背に向けて言った。

「六角はこちらの動きに気づいていない。深夜まで寝て夜中に佐和山へ向かう。明日の朝には取り返すぞ」

磯野は頭を上げた。

「ああ、やるぞ」


まだ夜が明けない頃、義賢は目を覚ました。気持ちは高揚していたが、まだ情報が届かないことに苛立ってもいた。日の出とともに出陣する運びになっていたので、城内の兵士たちも起き出しているようである。

松明《たいまつ》の灯りで広間に行くと重臣たちが集まっていた。座る間もなく、義賢は言った。

「まだ美濃からの情報は入らんのか。遅いではないか」

後藤賢豊が答えた。

「昨日から何人も情報収集に出しておるのですが、国境に出した者はまだ一人も戻りません。これは浅井に捕まっておるやもしれません」

「そうか。ならば直接行って状況を確かめる必要があるな。美濃に向かうか」

義賢が言うと、そこへ情報収集に出ていた家臣の一人が戻ってきた。

「おお、やっと来たか。それで、美濃はどうなっておるんじゃ」

義賢は、早口に尋ねた。

「恐れ入ります。美濃の情報ではございません」

「どういうことじゃ」

「浅井軍がこちらに向かっております」

「それは、どういうことじゃ。もう美濃を立ったということか」

「いえ、そこに来ております」

「なにっ」

義賢は、慌てて城外が見下ろせる庭先へ出た。息子の義弼や重臣たちも続いた。外はまだ薄暗く、見渡すことはできなかった。しかし、じっくり凝視すると、徐々に辺りが見えてくる。白いものが揺れている。それがたくさん揺れながらこちらに向かって来る。東山道沿いに長く続くそれは、目が慣れるにつれて、どんどん増えて、広がっていく。三《み》つ盛《もり》亀甲《きっこう》ののぼり旗が揺れながら佐和山に近づき、包囲していくのが分かる。

「何じゃ、あれは」

「しまった」

皆が驚き、狼狽《ろうばい》した。後藤が叫んだ。

「すぐに準備して持ち場につけ。敵が来るぞ」

城の内外に響き渡る声で繰り返した。家臣たちは慌ただしく動き出した。

「義弼。出るぞ」

義賢は、息子に声をかけると、家臣たちに号令した。

「皆の者。すぐに出陣じゃ」

義賢は、そう言うと急いで山城を下ろうとした。しかし、振り返ると息子が動こうとしていない。じっと下界《げかい》を睨《にら》みながら、両手の拳《こぶし》を握ったまま立っている。義賢は振り返ると再び声をかけた。

「義弼、出るぞ」

それでもまだ動こうとしない。義賢は息子に近づきながらもう一度言った。

「義弼、城を出るぞ。何をしておる。早く」

「父上、なぜ戦わないのですか」

義弼は、視線を合わさずにそう訴えた。戦わずに逃げることを悔しがっている。

「何を言っておる。死んでしまえば元も子もない。生きてさえいれば六角は復活できる。早く、早く行くぞ」

「父上は、野良田でも同じことを言われた。けど、私は戦いたかった。戦えばまだ勝てたかもしれんのに」

「ぬんん」

義賢は言葉を詰まらせた。野良田の決戦場で簡単に退却してしまったことは、義賢自身も後悔していた。しかし、今は状況が違う。

「ぬんん、もうそこまで来ておるのじゃ、周りを見て見ろ。もう戦う兵はおらん。早《はよ》お、早お」

そう言って息子の手を引こうとした。そこへ家臣への指示を終えた後藤が戻って来た。

「若様、早く出てくだされ。若様は当主でござるぞ。生きていることが当主の務めじゃ。さあ、さあ」

後藤は、動こうとしない義弼を抱えて押した。

「当主やと。こんなのは、名前だけやあああ」

義弼はそう叫んだ。義弼が大声で訴えることは近頃なかったことである。しかし、二人は、若き名ばかりの当主を両側から抱えて運んだ。

「生きてさえいれば復活できるのじゃ」

「命を、命をお大事に」

そう声を掛けながら強引に連れ出した。六角は佐和山を出た。

まさにその時、磯野と喜右衛門は大手道から数百の騎馬武者を引き連れて佐和山へ突撃した。佐和山城は瞬《またた》く間に陥落した。

九章　生み

近江を南北に分けた争乱「江争《うみあらそい》」は終結し、その後しばらくの間、和平が保たれた。賢政《かたまさ》は「長政《ながまさ》」と改名した。長政の評判は良かった。村民たちの意見を聞き、善政を行った。小谷城下も栄えた。六角も久しぶりに戦《いくさ》のない年を迎えていた。しかし、敗北が続いた結果、かつての勢力は失われていた。

浜辺を馬が全速力で駆けて来る。蹴る砂が跳ね上がり、馬蹄《ばてい》の跡が付いていく。その跡は幾重にも重なって道になっている。朝からもう何度も繰り返している。湖側に的《まと》が並んでいる。

馬上の武士は、姿勢よく立ち乗りしながら、身の丈を超える大弓を引き絞り、矢を放った。空気を切り裂く音とともに、矢は離れた的の中央に当たった。武士は、右手で素早く矢を取り出すと、流れるような一連の動作で、弓を左斜め前に押し出し、引き絞り、狙った。実践で通用する速さである。放った。

ヒュン、バン

命中した。直ぐに次の動作に移っていた。

ヒュン、バン

的板は、見事に割れて、落ちた。馬は全速力のままである。三連的中の後、立ち乗りの武士は、両手を十文字に広げて駆け抜けていく。

天下に誇れる技量の騎馬武者は、六角義弼《よしすけ》である。幼い頃から佐々木流馬術と日置《へき》流弓術を父から仕込まれてきた。父義賢《よしかた》は一子相伝の日置流弓術を息子に伝授するつもりであった。しかし、この流派を継承してきた家臣の吉田一族が家伝の伝授を拒《こば》んだためできなかった。義弼は弓よりも、どちらかといえば馬を好んだ。弓も、馬に乗って射る騎射が得意であった。

馬はいい。自分が思うように操《あやつ》れる。夢中になって駆けているときは、嫌なことも思い浮かばない。この頃、たびたび遠乗りするようになっていた。

この日も朝から湖岸の射場《いば》に来ていた。僅《わず》かな近習《きんじゅ》だけを従えて、黙々と騎射をした。政務は家臣に任せきりにしている。

昼前になって城に帰ることにした。観音寺城の南側を東山道《とうさんどう》が通っている。祖父定頼《さだより》の時代、城下町の石寺《いしでら》に初めて楽市《らくいち》を開いた。城下町は賑《にぎ》わっていたが、六角の勢力が衰えるとともに不景気風が吹いてきた。偶然にも通りかかった所で、義弼は聞きたくない名前を耳にした。

「小谷の町は近頃、景気ええらしいな」

「そりゃあ、浅井長政様は、ええ政治《まつりごと》をされるそうやから」

胸が詰まった。義弼は、その言葉を振り切るように駆けだした。その言葉の後にどんな会話がされるのか想像できた。「それに比べて六角様は」という話は聞きたくはなかった。長政とは同《おな》い年《どし》である。比較されるのが耐えられない名前であった。

見上げる先には観音寺城《かんのんじ》がある。あまりにも巨大な要塞である。山頂の近くに本丸がそびえ建ち、広い尾根に屋敷や寺院が点在する。樹木が切られ、山上がきれいに整備されている。その威容が、下界の人々を見下ろしている。山上の屋敷は、石垣で守られている。整然と並べられた石垣、本丸へと続く石段が、麓からでも見える。圧倒的な存在感である。日本中、他のどの城も足元にも及ばない最大の巨大建造物である。これが、「六角」の城である。

義弼は、この城を誇らしく見上げようとするが、心は重い。その石垣の存在感が重く肩にのし掛かる。重い気持ちで石段を登る。石段の横には排水溝がある。高度な土木・建築技術である。義弼は、これがどんな仕組みでできているのか見当もつかなかった。この巨大な石垣がどこからどのように運ばれたのか、想像もつかなかった。自分が作ったものではない。生まれる前からできていたものだ。それでも、このすべてを受け継がなければならない。何とか立派に受け継ぎたいと思ってきた。しかし、その思いとは裏腹《うらはら》に、現実は厳しかった。

義弼は、屋形に入った。廊下を進むと、奥から声が聞こえる。

「若殿は、また今日も馬か。政務も任せっきりで困ったものだ。もうそろそろしっかりしてもらわなければな」

声の主《ぬし》が誰かは分かる。顔を合わせたくはない。一瞬戸惑《とまど》ったが、廊下を引き返すわけにもいかない。近習が後からついて来るからである。近頃は、義弼付き家臣や近習たちが、うるさく言うようになった。「早く後藤殿から政務の実権を交代してもらいたい」と。当主として家臣の後藤に遠慮している姿を見せるわけにはいかない。

わざと足音を立てて部屋へ入った。部屋にいたのは、やはり後藤賢豊《かたとよ》であった。二人の息子と話をしていた様子である。部屋に入った瞬間、空気が固まったように感じた。

父は剃髪《ていはつ》して承禎《じょうてい》と名のり、形ばかりの隠居《いんきょ》をしていた。しかし実権を手放したわけではなかった。ただ、日々の政務は煩《わずら》わしい。信頼できる重臣の後藤に丸投げしている。だから、後藤も強気になっていた。義弼はそのまま部屋の奥へ消えようと思っていた。けれど、呼び止められた。

「若殿。今日も、馬でござるか」

返事はしない。

「若殿に一つご指示を仰《あお》ぎたいことがござる」

普段、後藤が義弼の指示を受けることはほとんどなかった。独断で政務を取り仕切っているのである。今日に限ってどういうことかと、義弼は思いつつ、仕方なく上座に着いた。

後藤は、ゆっくりと話し始めた。

「あれから、丁度、まる三年になりますな」

義弼は無口な青年になっていた。

「あの日は、ひどい雨でした。まだ、若殿は幼くて、戦のこともほとんど分からない頃だったでしょうな」

義弼は、元服して四年あまりの歳月が経つ。その間の出来事が話題になることを恐れていた。戦では一度も勝つことができなかった。かつての栄華《えいが》と比べてあまりに惨《みじ》めな出来事ばかりであった。その責任は自分にあるのだろうか。当主とは名ばかりで、実際に自分が行ったことではない。誰かがやったことだ。けれども人のせいにすれば、もっと自分が惨《みじ》めになる。だから、自然と会話することを避けるようになった。

「しかし、あの時、若殿は、分からないなりに一生懸命に我ら家臣にご指示なさっていました。覚えておられるでしょう。私は、はっきりと覚えております。家臣の目賀田《めかた》が、大殿の言うことに返事しなかったとき、若殿はまだ声変わりもせぬ声で叱りつけておられました」

あの肥田城のことを、義弼は忘れることはできない。「水攻め」という前代未聞の戦術を推し進める誇らしさや高揚感、あと少しのところで失敗した悔しさや挫折《ざせつ》感、「早く落とせ」と焦《あせ》ったことへの後悔や恥ずかしさ。あれが、今の自分の原点と言っていい。

(戦わずに勝つことができる、あの前代未聞の大戦術を何としても成功させ、六角の名を天下に轟《とどろ》かせたかった。あれさえなければ。あの時、あんなことさえ言わなければ。戻れることなら、あの時に戻ってやり直したい)

この三年間に、何度そう思ったことか。鮮明に蘇《よみがえ》る記憶がある。

「肥田城を一気に水没させようと、若殿は若者らしく、必死になって指示を出されていました。あの日、私は、堤の水門のところへ行き、責任者に直接話を聞いたからよく覚えております。今夜のうちに城を落とせ、水門を開けと、若殿は指示を出され、我らに勝利をもたらそうと、がんばっておられた。けれども、今の若殿は」

「そんな指示はしておらん」

義弼は、言った。

後藤は、一瞬ためらった。あの水攻めの夜、なぜ堤が決壊したのかは、結局のところ謎のままである。しかし、後藤は確信していた。あの夜の若殿の様子や、水門の門番に後から聞き取った話の結果、若殿の指示があったことを。そのために増水し決壊が起きた可能性が高いことを。

「そんな指示はしておらんぞ」

再び義弼は言った。しかし、同じ言葉を繰り返すだけで、本当に言いたいことを伝えようとする言葉は出てこない。

「どういうことですか。あの日の、水門への指示のことでござるか」

義弼は、うなずいているようである。後藤は思った。

（しかし、後から聞き取りをした両方の水門の門番が口をそろえて言っていた。流す水を増やせと指示があったと。それは若殿が今夜中に城を落とせと焦っているから急げという命令であったと。これまで若殿の立場が悪くなってはいけないと思い、このことは追求してこなかったが、このままではいつまで経っても若殿は変わらん。野良田で死んだ弟や多

数の家臣たちは、何のために命を懸けたのか。その命に報いるためにも、今日は、はっきりさせておくべきか）

義弼は口を開いた。

「水門を開けとは言っていない。何でもそうや。儂がやっていないことが、儂の責任にされる」

「いいや、このことはこれまで言わずにきましたが、今日ははっきりさせてもらいます。私はあの後、愛知《えち》川と宇曽《うそ》川の両方の水門の門番に聞き取りをしたしました。門番たちは口をそろえて言っておりましたぞ。若殿の指示があったと」

後藤は、この三年間言わずにきたことを吐き出した。義弼の表情が変わった。

「何度も儂はしておらんと言っておる。後藤、お主《ぬし》は儂の言葉と門番の言葉、どちらを信用すると言うんや」

後藤は引き下がらなかった。

「若殿。私がこのような昔のことを申し上げるのは、昔の若殿のことを責めようと思って言っているのではござらん。これからの六角の行く末を案《あん》じて言っているのでござる。若殿。もうあんな過去のことは、どうでもよいのでござる。大事なのは、これからのこと。いつまでも昔の失敗にこだわっていたんでは、駄目でござる」

「どうでもええことやない」

「いいや、あんなことはもうどうでもええ。どうして若殿は、我らの思いを分かろうとしてくださらんのか。若殿が当主になられてから、六角の家臣団はバラバラになっておる。義弼様では駄目だ。若殿では、まとまれない。そう言われておる」

「………」

「若殿。変わるのは今しかない。家臣の思いを分かろうとしてくだされ。家臣の思いを分かろうとしなければ、六角は終わりじゃ。浅井長政は、家臣の思いを分かろうとしたから成功したのでござる。浅井長政は」

「だまれええええ」

叫んだときには、もう刀を抜いていた。義弼は、その後のことを覚えていない。

気づいたときには、後藤親子三人は死んでいた。

この事件を知ったほとんどの家臣たちは、六角を見限る決断をした。観音寺城下を焼き払い、村々へ帰った。そして、浅井氏に救援を求めた。家臣の反乱に驚いた義弼は、観音寺城を抜け出し、蒲生親子のもとへ逃げた。義賢も甲賀へ逃げ延びた。

永禄六（一五六三）年、観音寺騒動により、六角の命運は風前の灯火《ともしび》となった。

バァーン
バァーン
バァーン
小谷城下の国友村では、今日も試し打ちの音がする。
「よし。ついにできたぞ」
国友次郎介《じろすけ》は腕に残る確かな手ごたえを感じていた。数十間も離れたところにある的には鉄砲玉が突き抜けた穴が開いている。その穴は一か所だけである。三発打った。その三発がすべて同じ穴に当たった。「重当」と名づけられる鉄砲が完成した。
次郎介は、あの夕方のことを忘れることができない。六角屋敷で的に当てることができなかった悔しさ、鉄砲が暴発して根元が割れてしまった不甲斐《ふがい》なさ、いろんな後悔があった。何よりも辛かったのは、鍛冶《かじ》職人のために城下に住居を整備し、良い暮らしができるようにしてくれた浅井様の役に立てなかったことであった。以前の鍛冶屋は伊吹山中で細々と暮らしていた。金糞《かなくそ》岳の鉱石掘り、真夏のたたら吹き、雪深い冬籠《ふゆご》もり、どれも厳しい暮らしであった。しかも、鉄分が流れ出す赤い川は田を荒らした。下流の農村との間に命懸けの争いを生んだ。そんな暮らしから救ってくれた浅井様のために役立てなかった

なかった。

だけでなく、妻子を人質として長く苦しめてしまった罪悪感は、拭《ぬぐ》っても拭えるものでは

だから、あれ以来、次郎介は四六時中《しろくじちゅう》鉄砲製作のことだけを考えて生きてきた。

ある日、大根のへたをくり抜いた。小刀《こがたな》の刃が欠けていたため、大根に欠けた刃の跡が付いた。その瞬間、「ねじ」を思いついた。鉄砲の尾栓《びせん》が暴発しないようにするために尾栓ねじを使うことを。それ以来、あの夕方のように簡単に尾栓が割れることはなくなった。

小谷城下の発展に伴って、多くの人々が城下に集まるようになった。日本全国だけでなく異国からやって来る者もあった。長子孔《ちょうしこう》という名の中国人が国友に呼ばれた。その男は砲術の専門家であった。鉄砲の製作や火薬の製法にも詳しかった。次郎介は、鉄砲に関することならば何でも教えを請《こ》い、さらに自らも工夫した。

そして、ついに「重当」と呼べる究極の製品と射撃の技を手に入れた。

「お環《たま》さん。やったぞ。これをみてくれ」

次郎介は、的を指さしながら、長子孔の奥さんを呼んだ。家の中から女が出てきた。大柄で胸とお尻の大きな女性である。長い金色の髪をなびかせている。その耳には銀色の環《わ》が輝いている。

「おお、ふぁんたすちこ」

お環さんは、自分の国の言葉で祝福してくれた。

「ああ、ありがとう。ありがとう」

次郎介は、遠く離れた異国で暮らす女性の言葉に心から感謝した。そして、眼上《がんじょう》にそびえる小谷山を見上げた。城下からは小谷城の城郭《じょうかく》が連なるように見える。あそこに住んでいる浅井久政が、あの夜、励ましてくれた言葉をまた思い出した。


「産むのは大変だが、がんばれよ」

久政は、産気づく前の娘にそう声を掛けて励ました。お慶が大きなお腹を抱えて、小屋に入ってから長い時間が経つ。

小谷城の城郭の上層には京極丸がある。名の通り江北の守護職である京極氏が住むために設けられた郭《くるわ》である。そこで久政は、阿古《あこ》と一緒に娘の無事な出産を祈って待っていた。京極高吉《たかよし》も心配しながら待った。


四年前、浅井が六角との戦いを決断し、六角から離反した時、河内城にいた京極高慶《たかよし》は、六角義賢から味方になるように誘いをうけた。何度失敗しても野心を捨てきれず、このまま埋もれて消えてしまうことに耐えられず、高慶は決起した。「京極の威信を見せてやる」と、坂田郡内の国人、土豪を招集した。しかし、誰も集まらなかった。五十を過ぎて、名《めい》家《か》の威信《いしん》も、自分の存在意義もすべてを失った。高慶は長い間、塞《ふさ》ぎ込《こ》んだ。このまま誰からも認められずに死んでいくと思っていた。

「お義父様《とうさま》。しっかりなさいませ。お義父様がこんな様子では京極家はどうなりますか」

高慶を励ましたのは、養女のお慶であった。お慶は、養女になって七年の間に美しい娘に成長していた。

「この近江国で最も高貴な方はどなたですか。それはお義父様でございますよ。京極のお家はお義父様にかかっております。戦など、どうでもよいではございませんか。どうぞ元気をお出しくださいい」

そう言うと、お慶は高慶の手を取った。しわが増え始めた高慶の手を、お慶の白く綺麗《きれい》な手が包んだ。

「長い間、優しく育ててくださってありがとうございます。これまで私は浅井家の娘としてここに捕らわれていたような気持ちもありましたが、これから私は生まれ変わります。これからは、お義父様と一緒に京極を盛り立てるために生きていきます。ですから、元気を出してください」

お慶がこれほど優しく、芯《しん》の強い女性に育っていることを、高慶はその時はじめて知った。いつまでも塞ぎ込んでいるわけにはいかない。自分には、代々続く京極家を存続させるという大事な役割があったのだ。もう一度生まれ変わった気持ちでがんばろうと思った。

そして、「高吉」と改名した。

その後、浅井が六角を破り、大きな勢力を得るようになると、お慶は高吉に「一緒に小谷へ行って暮らそう」と言った。小谷城の郭が立ち並ぶ上層に「京極丸」がある。そこで共に暮らすことができるようになった。

そして、元気に暮らす成長した一人の女性の姿を見て、母の阿古の心も救われた。


「高吉殿。この二十年、いろいろありましたが、やっとこうして家族皆が一緒に暮らせるようになりました。生まれくる子は、京極と浅井の子でござる。めでたいことだと思っております」

久政が言った。

「お慶の幸せを思えば、これでよかったのかと思うこともございますが、本当にお慶には感謝しております」

高吉は、そう言うと久政と阿古に深く頭を下げた。たとえ名家とはいえ、あまりにも歳の離れた結婚である。

昼過ぎに産気づいて、隣の小屋に入ったが、初産《ういざん》は時間がかかる。夕陽が京極丸に差し込む時刻になった。目の前にいる男の顔は、とても五十過ぎの男とは思えないほど張りがあった。つぶらな眼《まなこ》と高貴な顔立ちは、この年になっても変わっていなかった。

「あの時、私は本当に落ち込んでいました。誰にも相手にされず、誰一人として味方してくれる者もないまま、寂しく死んでいくと覚悟しておりました。しかし、そんな私を見て、あの子は、お慶は、私を元気づけてくれました。こうして今、このような幸せをいただけるのも本当にお慶のお陰でございます。お慶と生まれてくる子が、京極家、浅井家の一族として誇りをもって生きていってくれることを願うばかりです」

高吉はそう言うと、また頭を下げた。阿古は目を潤ませていた。

「私には猿夜叉が側にいてくれましたから、離れて暮らしていても幸せを見つけられました。けれど、お慶は、一人っきりできっと寂しかったことと思います。ですから、あの子は、一人になった高慶様を放っておけなかったのかもしれません。いつも、いつもお慶は自分のことより人のことを気遣ってくれる子です」

高吉も目を潤《うるま》ませながら言った。

「はい。本当に優しい子でござる」

その言葉に頷《うなず》きながら、阿古は続けた。

「本当にあの子には申し訳ないことをしました。けれど、今、お慶はやっと幸せをつかめると思います。どうかこれからも大事にしてあげてください」

阿古はそう言うと、高吉に深く頭を下げた。

京極丸からは、江北の一帯を見渡せる。麓には小谷の城下町が広がっている。久政が浅井家を継いだ頃からさらに大きな町になった。水路を整備し、船で姉川から琵琶湖に出ることができる。琵琶湖の彼方に見える山々に、赤い太陽が沈もうとしている。西方《さいほう》からの光がこの地域をあまねく照らしている。

長いお辞儀の後、阿古は顔を上げた。横顔が、差し込む夕陽に染まっている。久政は、出会ったあの頃を思い出した。長い歳月の間にいろんなことがあった。それでも、夕陽に染まる阿古は、今も変わらず綺麗《きれい》だ、と思った。

その時、勢いよく大柄の男が駆け込んできた。

「もう生まれましたか」

部屋へ入るなり、長政は尋ねた。

「まだですよ」

阿古が答えた。

「ああよかった。間に合ったか」

「自分の子やないのにそんな慌てて」

久政が言った。

「子どもが生まれる時というのは、どんな感じかと思って」

そう言うと、長政はにこにこと笑った。

「どうかしたのですか」

阿古が尋ねた。

「はい。実は私にも子ができました」

三人は目を丸くした。

「えっ、いつ生まれるのですか」

阿古が訊《き》いた。

「来年の春頃だと言っていました」

そう長政が答えた時、赤ん坊の元気な産声《うぶごえ》が上がった。

関連年表

和暦	西暦	江北（北近江）のできごと	江南、京、全国のできごと
天文九年	一五四〇	この頃、井口で水争い	六角義賢が北伊勢へ出陣
天文十年	一五四一	この頃、浅井久政が井口阿古と結婚 京極高広が高慶と結び、浅井亮政と戦う	武田晴信が父を駿河に追放し家督を相続
天文十一年	一五四二	浅井亮政没 浅井久政が永安寺へ文書（久政の初見文書） この頃、浅井阿古がマリア（お慶）を生む	河内国太平寺の戦い。三好長慶が勝利
天文十二年	一五四三		鉄砲が種子島に伝来
天文十三年	一五四四	京極高広が浅井家臣国友氏を攻撃 将軍が細川氏を通じ国友に鉄砲製造を指示	六角定頼が進藤氏を佐和山城へ派遣 足利義晴が京極高広の退治を命じる
天文十四年	一五四五	久政が近江各地で病魔退散の祈禱 浅井阿古が長政を生む	六角義弼が生まれる
天文十五年	一五四六	久政が海津で合戦	足利義晴が近江坂本へ避難、義輝に将軍職を譲る。烏帽子親は管領代六角定頼
天文十八年	一五四九	今井定清が六角氏に幼子を人質に出す	摂津国江口の戦い。六角氏が細川氏救援 ザビエルが鹿児島へ上陸
天文十九年	一五五〇	京極高広が多賀へ出兵するも敗北	京の東山中尾城の戦いにおいて、初めて鉄砲が実戦使用され死者が出ると記録
天文二十年	一五五一	京極高広が三好長慶と連合し甲良へ出兵 久政が長岡郷新田相論を裁定 高広が書状を送り、掘氏・今井氏が従う	京で相国寺の戦い。三好が勝利 周防国の大内氏が陶晴賢に敗北

天文二十一年	一五五二	浅井氏が今井館を囲む 京極高広が佐和山城を攻撃	六角定頼没 足利将軍家と三好長慶の和議が成立
天文二十二年	一五五三	久政が出雲井用水の相論を裁定 京極高広が太尾城攻撃。高広没 久政が六角へ家臣を遣わす。徳政令	六角義賢が三好長慶と手を結び、江北へ出兵 武田氏と上杉氏が信濃国で第一次川中島の戦い
弘治元年	一五五五	久政が大井用水相論を裁定 長子孔が国友に移住	伊勢北畠氏が中勢長野工藤氏を攻撃 安芸国で厳島の戦い。毛利氏が勝利
弘治二年	一五五六	伊勢遠征に従軍	長良川の戦い。斎藤道三没 六角氏が伊勢遠征を開始
弘治三年	一五五七	久政が富田庄の用水相論を裁定	小倉三河守が北勢柿城主佐脇氏を攻める。神戸城を奪うが敗北
永禄元年	一五五八	竹生島宝蔵が焼失。浅井久政が再建へ働く	東近江の保内商人と枝村商人が紙荷の通行権をめぐり相論
永禄二年	一五五九	浅井賢政が元服。平井娘を返す 京極高慶が六角に誘われ挙兵するが断念	織田信長が上洛し将軍に謁見 六角義弼が初陣で佐和山城を攻めるが退避
永禄三年	一五六〇	肥田城へ救援 竹中氏が刈安尾城へ侵攻	肥田城水攻め。決壊し失敗 尾張国で桶狭間の戦い 野良田の戦い
永禄四年	一五六一	美濃へ侵攻。佐和山へ大返し 浅井長政と改名	六角が斉藤氏と結び北近江侵攻 この頃、織田が浅井氏との同盟交渉
永禄五年	一五六二		尾張織田と三河徳川が清洲同盟
永禄六年	一五六三	京極高吉とマリア（お慶）の子高次が小谷城で生まれる	六角義弼が後藤氏を殺害、観音寺騒動起こる 長政が江南へ侵攻

主な参考文献

磯野太郎・磯野員彦『近江の磯野氏』一九八四年
伊吹町史編さん委員会編『伊吹町史　通史編　上』伊吹町　一九九七年
近江町史編さん委員会編『近江町史』近江町役場　一九八九年
太田浩司『浅井長政と姉川合戦』サンライズ出版　二〇一一年
小和田哲男『近江浅井氏の研究』清文堂出版　二〇〇五年
荻野町教育委員会編『荻野町史　上巻』荻野町　一九八七年
山東町史編さん委員会編『山東町史　本編』山東町　一九九一年
滋賀県東浅井郡教育会編『東浅井　わたしたちのふるさと』一九八七年
徳永真一郎『近江文化叢書　架空対談　近江の武将』サンブライト出版　一九八三年
長浜市長浜城歴史博物館編『戦国大名浅井氏と北近江』サンライズ出版　二〇〇八年
長浜市長浜城歴史博物館編『歩いて知る　浅井氏の興亡』サンライズ出版　二〇〇八年
長浜み～な編集室『地域情報誌　み－な　vol.126　湖北用水史』長浜み～な協会　二〇一五年
中村一郎著、小谷城址保勝会編『戦国大名浅井氏と小谷城　中村一郎先生遺稿集』一九八八年
馬場秋星『小谷城物語』一九九三年
宮島敬一『浅井氏三代』吉川弘文館　二〇〇八年
湯浅常山原著、大津雄一・田口寛訳注『戦国武将逸話集―訳注『常山紀談』巻一～七』勉誠出版　二〇一〇年
湯次行孝『国友鉄砲の歴史』サンライズ出版　一九九六年
四日市市編『四日市市史　第十六巻　通史編　古代・中世』一九九五年

あとがき

ふるさと「近江」の誇りや魅力について書きたかった。

遠くの都府県の人が、日曜の朝、一番の新幹線に乗って米原《まいばら》駅に来る。滋賀で開催される歴史現地研修会に参加する。そんな方と出会うことがある。それほど、近江は戦国ファンにとって、羨《うらや》ましいほど凄《すご》い場所がある。現地研修会で行く場所は、ほとんどが、山の中である。戦国ファンは、土の盛り上がり、堀切《ほりきり》、石組みなどを見て、喜ぶ。「あそこは、もう攻城《こうじょう》した」と自慢する。

私も、妻や子どもとハイキング気分で、たくさんの城を訪れた。彦根城、岐阜城、安土、小谷《おだに》、佐和山《さわやま》、観音寺、横山、上平寺《じょうへいじ》、鎌刃《かまは》、長比《たけくらべ》、長光寺、弥高寺《やたかでら》、菩提寺、松尾山、玄蕃尾《げんばお》、賤ケ岳《しずがたけ》、田上山《たがみやま》、八講師《はっこうじ》……。子どもたちは、彦根城はひこにゃんと天秤櫓《てんびんやぐら》で喜んだ。岐阜城もロープウェイと絶景を楽しんだ。しかし、天守のない山城には、あまり魅力を感じないようである。戦国ファンのように目を輝かせるようなことは、あまりない。

それが、普通である。

「物語」がないからだ。

そう思うようになって、かなり経つ。ふるさと近江を扱った「物語」は意外と少ない。

信長、秀吉、光秀、三成、高虎、高次、吉継《よしつぐ》……たしかに近江ゆかりの戦国武将にまつわる小説はある。だが、「近江」の山河が表舞台になる物語は、ホントはもっといっぱいある。

今、見ているあの山も、側に流れるあの川も。そこでは、人々の心を揺《ゆ》り動かす「物語」がきっと繰り広げられていたのである。その一部でも興味深く伝えることができたなら。そうすれば、子どもたちも、もっとこのふるさとに、誇りや魅力を感じることができるかもしれない。そんな思いでいた。しかし、そうは思っても、かなり長い歳月、「物語」に気づき、それを生むことはできなかった。

歴史の事実を知ることは大変困難である。記録もビデオもニュース映像も残っていない。後の時代の解釈が入っている。「物語」を生むことは、点と点をつなぐような作業である。闇に隠れたミステリーを解く、謎解きのような作業である。

例えば、「阿古《あこ》（小野《おの》の方《かた》）」という人物について、ほとんど史料は残っていない。昔、滋賀県立安土城考古博物館の方と観音寺とその周辺を散策したとき、「小野」という地名からも「この辺りに住んでいたはずだ」と言われていた。北近江の一級史料『嶋記録』にも登場する。僅《わず》かな「点」（ヒント）とその周りの人々の人生模様から、この女性の人生やストーリーを考えることは、かなり想像力が要る、楽しい作業でもある。

『嶋記録』に書かれた菖蒲嶽砦《しょうぶだけ》での問答を読んだとき、私は不思議に思った。なぜ浅井はわざわざ軍を送ってきておきながら、問答をしただけで帰ってしまうのか。そんなことが本当にあったのか、と。けれど、地元が誇る一級史料である。しかも、噂話を書いているのではない。目の前で体験した事実を嶋秀安は記録しているのである。これを史実として捉《とら》えなければ、他の史料はすべて怪しい虚構になってしまう。これを確かな「点」として物語を見つけていこう。そういう思いで書き綴《つづ》った。

遠藤喜右衛門直経《きえもんなおつね》という人物は浅井家の重臣である。司馬遼太郎氏も彼に魅力を感じ、いつか主人公として小説を書きたいと言っていたそうだ。『嶋記録』にも「切れ者」と評され、姉川古戦場にある円藤（遠藤）塚に葬られていることでも知られている。地元ではビッグネームであったと言ってよい。確かに喜右衛門が生きていたという深い爪痕《つめあと》は残している。しかし、その前半生はほとんど謎である。長政の「傅役《もりやく》」のような存在、長政が六角との戦いを決断したときに最初に相談した、などと言われるが、小谷から遠い国境の土豪が、なぜ人質として子ども時代を過ごした長政に最も近い存在になったのか。その謎は、史料から解き明かすことはできない。

だからこそ、多くの先達の成し遂げられた業績と、近江に残る様々な伝承を、一本の線に結んで編んだ「近江伝」という小説となった。

各地域の方々が生涯をかけて研究・編纂《へんさん》されてきた町史、市史の内容は、物語を生むために最も重視した「点」であった。地元滋賀の先達が残された著作が大きなヒントとなった。長年に渡って地域の書籍を刊行されてきたサンライズ出版が身近になければ、出版しようと思うことはなかったと思う。そんな多くの方々のお陰で、十数年の歳月をかけて、ぼちぼちと仕上げることができた、私なりの成果である。
多くの方が、自分なりの「物語」を思い、郷土を楽しむきっかけになればいいなと思う。

山東　圭八

令和二（二〇二〇）年八月

● 著者
山東圭八（さんとう　けいや）
滋賀県出身。彦根東高校、立命館大学卒業後、滋賀県で勤務。

戦国近江伝《せんごくおうみでん》　江争《うみあらそい》

2020年９月10日　初版第１刷発行

著　者　山東圭八

発行者　岩根順子

発行所　サンライズ出版
〒522-0004 滋賀県彦根市鳥居本町655-1
tel 0749-22-0627　fax 0749-23-7720

印刷・製本　シナノパブリッシングプレス

　ISBN978-4-88325-700-3
定価はカバーに表示しています。